Ich hab sie auf den Mund geküßt

Ich hab sie auf den Mund geküßt

herausgegeben und verlegt von Gudula Lorez

Originalausgabe
Alle Rechte vorbehalten

Vom Balkon des besetzten Hauses in der Berliner Maaßenstraße
flatterte über ein Jahr das Transparent
Ich hab sie auf den Mund geküßt.
Heute ist das Haus saniert, die Fassade glatt, das Transparent
verschwunden.

© Verlag Gudula Lorez GmbH, Berlin 1984
Die Rechte für die einzelnen Beiträge bleiben bei den Autorinnen
Satz: Maschinensetzerei Peter von Maikowski, Berlin
Druck: Martin Dürschlag, Berlin
ISBN 3-922391-07-9

An alle Frauen, an alle Freundinnen!

Schickt Geschichten über Zärtlichkeit und Zorn,
Geborgenheit und Gewalt, Verliebtheit und Verlassenwerden,
Anbetung und Abhängigkeit, Küssen und Konkurrenz,
Flirt und Frust, Einlassen und Austricksen, Wärme und Wollust,
Vertrauen und Verrat

auf daß ein Buch entstehe über Frauenfreundschaften

Dieses Buch ist für alle Freundinnen, für meine Freundinnen — die heutigen, die morgigen und auch die gestrigen — und für mich, die Kraft, Anregung und Ruhe in diesen Freundschaften findet.

Gudula Lorez

Rosetta Froncillo

Die Zunge in der Tinte

> La lingua nell' inchiostro
> Aus dem Italienischen von Annick Yaiche

Von Rosetta Froncillo erschien 1983
Confusa Desio Eine Reise in Abschweifungen
Verlag Frauenoffensive, München

Meine Leidenschaft für Papier, Feder, Bleistifte, Bücher und Hefte zeigte sich ziemlich schnell.
Und dies führte bereits in meiner frühen Kindheit zu nicht wenigen Konflikten zwischen mir und meinen Schwestern. Ich beneidete sie schrecklich um ihre bis zum Rand gefüllten Schultaschen mit Briefbogen, Tagebüchern und Heften. Tinte und die intensiven Farben vermischten sich zu einem weichen Geruch, der die ganze Tasche durchtränkte, begehrenswert wie ein süßer Kuchen.
Es war zwecklos, sie anzuflehen, mir auch nur einen Tropfen ihrer kostbaren Flüssigkeiten zu schenken — »Nein, du würdest das ganze Haus bekleckern« — oder eine einzige Seite aus ihren Heften für mich zu reißen — »Wenn ich eine rausnehme, löst sich das ganze Heft auf« — zwecklos, nichts zu machen.
Und so fing ich an, sie auszuspionieren.
Unvorstellbar, daß sie nicht auch mal Verbotenes anstellten. Es genügte, etwas herauszufinden, um sie dann zu erpressen und mit subtiler Gewalt ihnen das, worum ich monatelang umsonst gebettelt hatte, zu entlocken.
Ich überraschte Teresa, wie sie heimlich und gierig lange Stangen weißer Kreide verschlang. Sicher hatte sie diese aus ihrer Schule entwendet.
Als ich begriff, daß sie schon so von der Kreide abhängig war, daß sie nichts mehr tun konnte, ohne auch nur ein Stückchen ihres geliebten Rauschgiftes vorher geknabbert zu haben, wurde ich deutlich: »Entweder gibst du mir Papier, Feder und Tinte oder ich erzähle Mama, daß du während des Musikunterrichts Kreidestangen stiehlst, um sie dann ganz allein abends in deinem Zimmer zu essen.«

Und erregt rannte ich ins Badezimmer, um mich mit einer Prise Mentholzahnpasta zu beruhigen.
Am nächsten Morgen weckte mich Teresa mit einer Tasse Milch, drei Keksen, einem linierten Heftchen, einem Fläschchen Tinte und einer kleinen, leicht kratzenden Feder.
Schweigend überreichte sie mir alles, und es traf mich ein langer, giftiger Blick, der kommende, furchtbare Rache androhte.
Als ich fließend Lesen und Schreiben gelernt hatte, fing ich an, jedes nur greifbare Stück Papier mit einer schiefen, undeutlichen Schrift zu bedecken, die sich übrigens nie mehr verbessern sollte.
Teresa beobachtete mich mißtrauisch. Selten kam sie aus ihrer Schweigsamkeit heraus, hinter der sie sich seit dem Tag der Erpressung verschanzt hatte.
Wenn ich an sie eine Geste der Aufmerksamkeit, ein Wort richtete oder ein Lächeln, antwortete sie eisig: »Wer das Schwert nimmt, der soll durchs Schwert umkommen«, und verließ hochnäsig das Zimmer, steif wie ein Besenstiel.
Aber das beeindruckte mich nicht allzu sehr, da ich mit Federhalter, Federchen, Bleistiften, Papier und Tintenfäßchen beschäftigt war.
Wenn ich nicht schrieb, redete ich.
Wenn ich nicht redete, schrieb ich.
Und ich schrieb, wie ich redete, und ich redete, wie ich schrieb. Teresa bemerkte es ziemlich schnell: »Anstelle von Spucke hast du Tinte im Mund, in die du bei jedem Wort deine Zunge tunkst.«
Sie wiederholte: »Wer das Schwert nimmt, der soll durchs Schwert umkommen«, und ging fort wie jemand, der einen Besenstiel verschluckt hat.
Ich zuckte die Schultern und fing wieder an zu schreiben. Was?
Zunächst Satz für Satz. Es überraschte mich immer mehr, daß

sie alle zusammen, aneinandergereiht, einen Sinn ergaben und daß der Sinn aller dieser Sinne nach und nach zu einer Skizze von Teresa, bis hin zu ihrer Besenstielhaltung wurde.
War meine verzehrende Leidenschaft für das Schreiben nicht der Weg zu einer kleinen Frankenstein?
Und in der Tat, genau wie der verrückte Erfinder bei Mary Shelley, begann ich meine Instrumente auf dem Dachboden zu verstecken und meine Schreibexperimente bei Kerzenlicht auszuüben.
Nach dem Abendessen gab ich vor, todmüde zu sein, nur um mich in meinem Labor einzusperren. Dort verfolgte ich mit Bangen die Vollendung meiner Reproduktion von Teresa. Ich wurde geheimniskrämerisch und immer vorsichtiger. Oft zitterte ich, schreckte auf, gebadet in kalten Schweiß, stöhnte und führte Selbstgespräche.
Je mehr meine Teresa Form annahm, umso mehr erstaunte mich ihre wachsende Ähnlichkeit mit der leibhaftigen.
Als sie fertig vor mir stand, fragte ich mich, ob es vielleicht besser sei, sie zu zerstören oder wenigstens ihre Besenstielhaltung zu ändern.
Statt dessen, begrub ich sie lebendig zwischen zwei Ziegelsteinen auf dem feuchten Dachboden.
Ich versuchte, sie zu vergessen.
Es gelang mir nicht.
Schließlich grub ich sie wieder aus und brachte sie, verschlossen in einem langen Umschlag, in mein Zimmer.
Zwischen Wand und Bett gab es eine tiefe Spalte, die bereits unzählige, zweimal gefaltete Zettelchen barg: meine ersten Schreibversuche.
Teresa ließ sich bequem darin unterbringen.

Nur ab und zu holte ich sie heraus, legte sie vor mich hin und beobachtete sie. Und jedesmal wieder verblüfft, murmelte ich: »Ja, es ist wirklich Teresa, ja, Schreiben ist wie Alchimie.«
Ja, Teresa.
Teresa mit dunklen, lockigen Haaren und Allüren einer Klassenbesten, Teresa ohne Launen, aber ständig schmollend, wie meine Mutter sagt, seit ihrer Geburt. Teresa, genaues Abbild einer der Schwestern von Papa, Teresa, überempfindlich und immer in Bewegung, Teresa mit ewigem Groll und kalten Wutanfällen, Teresa mit ihrem früh entdeckten Interesse für Philosophie und Pädagogik, Teresa Pedantin in puncto Ordnung und Genauigkeit.
Teresa, die an einem Frühlingsmorgen beschließt, sofort einen radikalen Osterputz, besonders in den verborgenen Winkeln des Hauses, vorzunehmen.
Und so geschah es, daß sie auf die Wunde zwischen Bett und Wand stieß und den Umschlag mit ihrem Bild entdeckte. Als ich von der Schule zurückkam, stürzte sie mir außer sich entgegen, die Haare standen ihr zu Berge: »Das bin ich nicht, das bist du, und zwischen uns ist es endgültig aus. Basta.«
Sie sagte nicht: »Wer das Schwert nimmt, der soll durchs Schwert umkommen«, weil das die Teresa im Umschlag, ihr Zwilling, immer gesagt hatte.
Und sie ging, sich diesmal auch ihres Besenstielgangs enthaltend, nicht ohne ein dickes grünes Heft auf meinen Tisch geworfen zu haben.
»Teresa, hör auf. Laß uns darüber reden. Teresa, ich habe nichts Schlechtes getan, komm zurück.«
Drei Türen wurden zugeschlagen.
Es war still.

Ich flüchtete ins Bad, um mir eine Überdosis Zahnpasta mit Menthol zu gönnen.
Dann nahm ich das grüne Heft und fing an, darin zu blättern.
Titel: *Marinas Geheimheft.*
Marina war meine andere Schwester.
Erster Teil: »Geburt, Kindheit, Phantasien, Erscheinung und Spiele meiner Schwester Rosa«.
Ich haßte es, Rosa genannt zu werden.
Im Gegensatz zu mir hatte meine Schwester Marina eine zarte, luftige, wehende, klare Schrift.
Klar und luftig war auch der Ausdruck ihres langen und blassen Gesichts, das von zwei riesigen kristallklaren grünen Augen erhellt war, Spiegel, in denen sich die Außenwelt ratlos suchte.
Die ersten abendlichen Gerüche schlängelten sich unter unzähligen Türen hindurch und drangen in meine vom Weinen feuchten Nasenhöhlen.
Von Marina erschaffen, war ich nichts anderes als »meine Schwester Rosa«, ein Wesen mit schlechten Gewohnheiten und Locken, schön lediglich, wenn man sie in den Armen hielt, eine Art sprechende Puppe, die brav Mama sagte und Pipi machte.
Aus übertriebener Realitätstreue hatte ich mit meinen ersten Schreibversuchen das Bild zerrissen, das Teresa bis dahin von sich selbst hatte.
Mit derselben Grausamkeit vergiftete mir jetzt Marina das Herz, indem sie mich als rein literarischen Vorwand benutzte, nur um eine Geschichte zu erzählen, die ihre eigene war.
»Wer das Schwert nimmt, der soll durchs Schwert umkommen«?
Ich verließ heimlich das Haus der literarischen Monstrositäten und rannte zu Violetta, die mich liebte.

»Schreiben ist Sakrileg«, sagte Violetta und schwor, daß sie so etwas nie, niemals gemacht hätte.
Sie willigte ein, da es mir wirklich schlecht ging, für mich eine ganze Tube Zahnpasta aus dem Schrank ihres Vaters zu stehlen. Es war die Zeit der Korksandalen und der amerikanischen Lira. Zeiten, in denen eine ganze Tube Zahnpasta noch ein Geschenk war.
Dies nur, um zu sagen, daß Violetta mich wirklich liebte. In der Schule schrieb ich auch für sie italienische Aufsätze.
Ich sage »auch«, weil ich bereits für zwei andere Schulfreundinnen schrieb; eine von ihnen, Elettra, wich regelmäßig vom Thema ab. Wenn das Thema hieß: »Sprechen Sie von Ihrem Lieblingstier«, füllte sie drei Seiten mit unzähligen Würdigungen an Hunde, um dann zu schreiben: »Mein Lieblingstier ist die Katze«.
Es gelang ihr nie zu verstehen, warum so etwas nicht ging. Ich erklärte immer wieder, daß die Sätze einen Sinn nach einer bestimmten Logik ergeben müßten. »Also, wenn du drei Stunden lang von einem Hund sprichst, kannst du nicht mit der Katze enden; zumindest nicht in der Schule.«
Sie riß die Augen auf, schweifte in Gedanken ab, lächelte versonnen und erwiderte verzückt: »Du bist gut, du könntest Rechtsanwältin werden.«
So wie ich ihr die Aufsätze in Italienisch schrieb, reichte mir Violetta unter der Bank die Lösung der Mathematikübungen. »Das sind wenigstens keine Geschichten, Märchen oder Tagebücher! Zwei und zwei sind vier, und das ist eine klare Sache! Wenn ich groß bin, mache ich ein Geschäft für Bettwäsche auf. Dann schreibe ich jeden Tag in das Kassenbuch: zwei und zwei sind vier und habe keine Probleme, meinst du nicht auch?«
Ich war nicht überzeugt, aber ich liebte sie.

Und vergessen wir nicht, daß sie mir meine Drogen beschaffte!
Hinter unserem Haus war ein angeschlagenes, morsches Tor aus Holz, das auf schwachen Füßen stand.
Um es zu öffnen, mußte ich vorher immer einen Ast zurückbiegen. Auch an diesem Abend erreichte ich mein Zimmer durch den Nebeneingang nur nach dem üblichen Kampf mit der kletternden Jungfernrebe und einem Busch glänzenden Jasmins.
Ich nahm eine der feinen Spiralen des bitteren Weines in den Mund und roch an den Jasminblüten.
Ein Gedicht explodierte mir zwischen Mund und Brust.
Ich verschlang es, ohne zu kauen.
Es mischte sich mit dem bitteren Geschmack der Ranke.
Das Süßsaure berauschte mich noch mehr, fast bis zur Ohnmacht.
Das Abendessen verlief warm und still.
Teresa setzte sich an das andere Tischende. Marina hatte sie bebend und appetitlos vor sich.
Beim Essen suchte ich mich immer wieder vergebens in ihren geheimnisvollen und ruhigen Augen, diesen klaren, einsamen und vertrauten Alpenseen, die innere Bilder zurückwerfen.
Augen, denen ich niemals verzieh, mich nicht zu sehen, genauso wie Teresa mir nie verzeihen wird, daß ich sie gesehen habe und mich seither meidet wie einen Zerrspiegel.
Kalabrien, Ende der vierziger Jahre, Korksandalen und amerikanische Lira.
An diese Intrige, aus Augen und Tagebüchern geflochten, denke ich heute, 1984, in einem winzigen Berliner Trödelgeschäft, während ich das sorgfältig gerahmte Bild von drei deutschen Mädchen aus anderen Zeiten in meinen Händen drehe und wende, das für nur zehn Mark zu haben ist.

Ingrid Ch. Kempa

Die Zopfmaria

Während des Krieges mußte meine Großmutter alle anfallenden Arbeiten in einer alten Villa verrichten. Dort hauste ein ewig besoffener, unappetitlicher russischer Offizier. In meiner Erinnerung sehe ich ihn nur liegend, auf einer unordentlichen Couch mit schmierigen Decken und Kissen. Rings um ihn herum lagen Schnapsflaschen, volle, halbvolle und leere. Vor ihm auf dem Tisch standen in Reichweite die Eßwaren. Dinge, die ich nie gesehen hatte, geschweige denn gegessen. Er brauchte nur die Hand auszustrecken, um sich mit bloßen Fingern die Ölsardinen in den Mund zu stopfen. Störte ihn das Fett doch einmal, goß er sich einen großen Schluck Wodka in den riesigen Schlund, spuckte ihn in die Hände und putzte diese anschließend an seiner fettigen, stets offenen Hose ab. Wie die vielen Flaschen und der voll beladene Tisch gehörte auch das Mädchen Maria zu seinem täglichen Bedarf.
Ein Mädchen wie Schneewittchen, mit herrlichen dunklen Zöpfen und einem Gesichtchen wie Milch und Blut. Immer trug sie eine buntbestickte, weiße Bluse mit weiten Ärmeln und einen dunklen langen Rock, der die Stiefel verdeckte. Maria hatte nichts weiter zu tun als auf seinen heiseren Ruf zu warten. An der Lautstärke des Tons war bald der Grad an Besoffenheit zu erkennen.

Meist hielt ich mich im Garten bei den Levkojen auf. Fast unsichtbar mußte ich mich machen, weil meine Großmutter mich nicht mitbringen durfte. Dort im Garten entdeckte mich Maria. Sie jagte mich nicht weg. Es bestand gleich ein stilles Einvernehmen zwischen ihr, einer vielleicht 18- oder 20jährigen Frau, und mir, dem fast 8jährigen Mädchen. Unterhalten konnten wir uns nicht. Sie sprach ein paar Brocken Deutsch und ich kaum Russisch.

Unsere täglich wachsende Freundschaft bestand aus Blicken und Gesten. Mich machte unser tägliches Beisammensein stolz und glücklich. Nie behandelte sie mich wie ein Kind. Manchmal, wenn sie litt, fühlte ich mich mit ihr gleichaltrig. Ich wollte sie beschützen, haßte dieses Tier auf der Couch.

Zu Beginn unserer Freundschaft schämte sie sich vor mir, wenn sie an dem Kerl ihre Dienste verrichten mußte. Später, als ich vor der Verandatür Wache hielt, damit niemand ins Zimmer ging, verstand sie, daß ich verstand. War er fertig, lief ich in den Garten und wartete auf sie. Wenige Augenblicke später erschien sie, frisch gekämmt, ihre Hände kaum abgetrocknet, und brachte ein Tablett mit Brot und Milch. Klebba? fragte sie. Moloko? Gierig griff ich zu. Es waren meine einzigen Mahlzeiten während schlimmer Monate. Um uns herum war Chaos. Wir beide aber saßen friedlich in den Blumen und speisten. — Da rief dieses Schwein schon wieder. Ekel und Widerwille stand in Zopfmarias Gesicht zu lesen. Ich wußte, welche Quälerei es für sie war, den Trunkenen zu befriedigen. Für mein kindliches Zeitempfinden dauerte es wohl stundenlang. Je besoffener er war, um so schlimmer die Prozedur. Und da ging ich mit ihr. Half ihr bei den geforderten Handgreiflichkeiten. Mit Erfolg. Denn vier Hände erregten ihn mehr als zwei. Wir hatten die Hälfte der Zeit gespart. Für uns. In ihren Augen konnte ich Dankbarkeit lesen. Ich war glücklich, ihrer Freundschaft wert zu sein.

Irgendwann, der Sommer neigte sich seinem Ende zu, sah ich schon von weitem vor der alten Villa einen Lastwagen stehen. Fremde luden Kisten und Möbel auf. Voll Entsetzen ahnte ich das Ende dieser Freundschaft. Auf den Stufen stand sie, die

Zopfmaria. Hatte ein dunkles Tuch um die Schultern gebunden. Sah aus, als fröstelte sie. Trug etwas in Händen. Gab es mir. Klebba? fragte sie. Moloko? Tränen liefen über ihre Wangen. Wir umarmten uns. Dann mußte sie dem heiseren Ruf aus dem Lastwagen folgen.

Nun ernährten mich wieder Kartoffelschalen. Der Schmerz des Hungers vermischte sich mit dem Verlust der Freundin. Eine freudlose Zeit in einer freudlosen Welt begann.

Anna Rheinsberg

Spaghetti Bolognese

Von Anna Rheinsberg erschienen
im Verlag Michael Kellner, Hamburg:
Bella Donna, Gedichte 1981
Hannah, Liebesgeschichten 1982
im Medea Frauenverlag, Frankfurt/M:
Alles Trutschen!
Geschichten über Mädchen in einer Kleinstadt, 1983
Wolfskuß, Erzählungen 1984

Wir vier hier bei Tisch: ein Abend mit Nudeln in Soße und Huberts zottig-schwarzem Haar auf rachitisch dünner Brust; krause Büschel, vom Hals hinunter bis zur speckigen Falte Bauch.
»Im Pulli schwitz' ich«, sagt er, stößt kokett die Zunge an und entkleidet sich. Weg mit dem lästigen Stück.
»Jetzt ist mir wohler.«
Er leckt sich hündisch die Lippe.
Ich starr nach der Wand, häßlich weiß und leer. Sie hat es bis heute nicht über sich gebracht, ein Bild aus der Schublade zu nehmen.
Ein rascher Seitenblick bestätigt mir: ich mag keine Haare im Essen.
Die Schöne sucht mich — ich mustere die Flecken auf der Tapete, dezenter Augenzwinker. Früher war er nicht so dick, sagt der Zwinker. (Hüstel) Du weißt doch, Anna, ich lieb' es kräftig — Gott, denke ich, laß die Hose an, Hubert. Denn ich fürchte, unter seiner unförmig weiten, lappig blauen Jeans mutiert's, in ihrem Sinne. — Tarzan grüßt!
Verzeih, meine Schöne. Erspar mir die Einzelheiten. Vorfreude ist doch immer noch die schönste Freude!
Wir vier hier bei Tisch. Ich, in schlichtem Weiß und lila Kniestrümpfen, gebranntes Kind mit Traumtänzerallüren, was die Liebe zur Frau betrifft, löffle lustlos Spaghetti. Anders der Mann; schmalhüftig, scheu, gelockt, stummer Begleiter. Seit Jahren. Ich will nichts verschweigen.
Wir lieben einander. Kühl, versteht sich; mit Verve und Wut. Die Frau meiner Sehnsucht — nie erreicht, es scheiterte stets am jeweiligen Gestalttherapeuten, trinkt Rotwein und widmet sich Hubert. Eine dankbare Aufgabe.
Rasputin mit der Bierwampe rollt die Augäpfel. Gestikuliert

wild und spricht. Unentwegt, monoton. Er spuckt dabei. Spuckt beim Sprechen.
Er hat es nicht unter Kontrolle: bei jedem zweiten Wort, das er ausstößt, tritt ein Zipperlein in Erscheinung. Als schlage man ihn mit der Faust in den Nacken.
Er bäumt sich regelrecht auf vor Erzählwut! Zittert und knallt übern Tisch — mit dem Löffel in die rote Soße.
Wie nett, denke ich. Danke Hubert. Mich vom Anblick deines Brusthaars derart zu befreien — wie sensibel.
Erzähl du. Ich höre dir zu. Jetzt vermag ich sogar brav hinunterzuschlucken, ohne daß mir die Nudeln querstehen — Kuh mit sieben Mägen!
Acht Jahre war ich mit ihm — Anna, glaub mir, seine Schenkel — sind wirklich ein Traum. Hm!
Die Frau meiner Sehnsucht lockt mit *Kiry Eau de Toilette*. Mich leider nie.
Ich weiß, meine Schöne. Ich kenne deine Vorliebe für solcherart Männer — und deine Kälte bei Frauen.
Nichts gegen Hubert! Was kann denn ein Mann für seinen Haarwuchs?! Wir wollen nicht biologistisch sein. Nein, und vor allem: nicht wählerisch. Immer hübsch nehmen, was gerad' zur Tür hereinspaziert.
Ein Abend zu viert. Es schmeckt — Hubert hustet: wunderbar!
Ich nicke. Du lächelst, neigst den hübsch frisierten Kopf. Frivoles Lächeln.
Gut, denke ich, daß du diesmal auf die obligatorische Hähnchenbrust verzichtet hast. Magere Brust mit Flaum, braun gebrutzelt und glasiert — es würgt mich.
»Was ist dir?«
Der Mann, Begleiter zäher Jahre — fünf! und keinen Tag frü-

her, betont er ausdrücklich —, gabelt kunstvoll. Er wendet sich
mir zu: Klavierspielerhände führen das Essen zum Mund. Er
äugt interessiert. »Mir? Ist nichts.«
Weißt du, meine Schöne, unser Kamikaze war — anfangs eher
ein Mutter-Kind-Roulette!
Er ist die Fürsorge in Person. Schmalhüftig, scheu, gelockt und
schweigsam. Trägt einen bunten Vogel im Netz, Kind mit gestutzten Flügeln —
Wir lieben einander. Verhalten; voll Wut und Verve.
Nun tischst du die Nachspeise auf. Trauben und Marzipan; eine
runde Sache.
Hubert besteht auf's ARD-Nachtprogramm!
Du willst zu Bett. Ich kippe die zwanzigtausendste Zigarette
dieses Abends in den Müll.
Hubert schaut beim Wort-zum-Sonntag auf einen Sprung bei dir
herein. Na, denke ich, während ich spüle: 's auch 'ne runde Sache. Stramme Schenkel auf den deinen.
Plötzlich rufst du nach mir.
»Küß mich«, sagst du. Liegst, satt, zwinkerst mit dem linken
Augenlid. Pfeifst einen schrägen Ton.
Ich stehe, sehe ihr zu. Und? Ist's noch so wie vor acht Jahren?
Ich stehe, setzte vor. Hebe abrupt die Hand —
»Antworte! Warum antwortest du nicht?«
Ich schlage dir brüsk ins Gesicht.

Ingeborg Jaiser

Berührungen

Im Zug sitzt sie mir gegenüber: Hochmütig, souverän und selbstsicher, Gesichtszüge wie eine preisgekrönte Plastik, eine Figur wie ein Engel. Sofort fallen mir ihre unwahrscheinlich großen Augen auf, der dunkle, verschleierte Blick, das rabenschwarze Haar, das dicht und glänzend ihr Gesicht umrahmt. Sie trägt Dunkelblau und Schwarz, als wäre sie die Verkörperung der Nacht. An jedem Finger goldene Ringe, dazu diese randlose, fast unsichtbare Brille mit den zarten, geschwungenen Bügeln, ebenfalls in Gold. In jeder Bewegung liegt Stolz, eine edle, noble Art von Stolz.
Sie scheint niemanden und nichts in diesem übervollen Abteil wirklich zu bemerken, schaut kaum in ihr aufgeschlagenes Buch, wiegt sich nur bedächtig im Schaukeln des Zuges. Die stundenlange Fahrt durch die Nacht verwischt schließlich Zeit und Raum, macht müde, träge, träumerisch, versetzt mich in einen schwerelosen, schwebenden, fast unwirklichen Zustand.
Ich döse vor mich hin. — Sie döst vor sich hin.
Das Poltern und Rattern des Zuges schiebt unsere Beine nach und nach, millimeterfein, näher aneinander. Zuerst nur die Ahnung eines fremden Körpers, zarte Schwingungen, Prickeln in der Luft, dann eine zaghafte, fast streichelnde Berührung, schließlich der feste Druck ihres Knies an der Außenseite meines Schenkels. Innerlich zucke ich zusammen, doch ich behalte die Augen geschlossen, versinke in schwarzgoldener Wärme, schaukle Bein an Bein mit ihr über die holprigen Bahngleise.
Ewigkeitenlang. Hautfasertief.
Als ein Fahrgast zur Toilette muß und unsanft unsere Träume durchquert, trennen sich unsere Beine und unsere Blicke treffen sich, zum ersten Mal. Schade, sagen ihre Augen, sekundenschnell, bevor sie sich wieder stolz und unbewegt im Nichts verlieren.

Sigrun Casper

Fräulein Sterne

Von Sigrun Casper erschienen
Der unerfindliche Schmandlau
im Selbstverlag, Berlin 1983
Das Ungeheuer
Schriftstellerei Ute Erb & Kollektiv, Berlin 1984

Fräulein Sterne trug rote Stiefel. Und das zu einer Zeit, als die spitzen Pumps mit Pfennigabsätzen das Höchste waren. Die Stiefel waren so toll, die hat es damals nicht mal drüben gegeben. Niemand, auch ich nicht, hatte nur annähernd ähnliche bei Stiller oder Leiser oder Salamander entdeckt. Als normaler Bürger kam man einfach nicht an solche Stiefel. Da mußten Beziehungen im Spiel sein.
Anfangs haben sich meine Klassenkameradinnen den Mund fusselig geredet. Ein andauerndes Getuschle war das in den Pausen. Fräulein Sterne war Thema Nummer eins, eine Zeitlang kam sie noch vor den Tanzstundennachrichten. Ich habe mich da rausgehalten. Ich durfte mich ja nicht verraten. Unvermeidlich war es, daß mein heimlich hingehaltenes Ohr dick Aufgetragenes aufschnappte, mörderisch Simples wie die Schlagzeilen der Westberliner Billigzeitungen: Die Wahrheit über Fräulein Sterne.
Übrigens war die Farbe ihrer Stiefel das eigentlich Erregende. Es gab damals so wenig, was aus sich heraus leuchtete. Die Stiefel waren nämlich nicht rot wie die Fahnen überall an Straßen und Plätzen und in gewissen Vorgärten. Dann wäre ja alles unmißverständlich gewesen und hätte seine Richtigkeit gehabt. Fräulein Sternes Stiefel waren rot wie Anemonen, wie Kirschlikör, wie französische Lippenstifte, rot wie Sonnenuntergänge am Meer, rot wie die Liebe.
Fräulein Sterne hat die verleumderischen Rückschlüsse von ihren Stiefeln auf ihre Person anscheinend überhaupt nicht wahrgenommen. Fest schritt sie aus und ganz selbstverständlich und immer so schwungvoll, als hätte sie außer sich selbst noch eine Ladung frischen Windes dabei.
Als Fräulein Sterne bei uns anfing, war ich sechzehn und ging in die zehnte Klasse. Frau Kowalski war von einem Tag auf den

anderen verschwunden. Niemand wußte Genaues. Weggezogen war sie nicht, das hätte sie uns gesagt. Nichts ist uns gesagt worden, also gab es nur eines: Abgehauen war die Kowalski. Zwei- oder dreimal war Russisch ausgefallen. Dann kam Fräulein Sterne.
Der Direktor betrat als erster die Klasse, nach ihm Fräulein Sterne mit diesen Stiefeln, wir standen auf. Fräulein Sterne sah den Direktor an, als er die vorstellenden Worte sprach. Mir wurde fast schlecht von einem Erstaunen, das wie ein heißer Guß in mich fuhr. So einen Menschen wie Fräulein Sterne hatte ich noch nie gesehen.
Heute würde man Frau Sterne sagen, aber als Frau Sterne hätte ich Fräulein Sterne nicht lieben können. Lieben war nämlich etwas anderes als Schwärmen. Meine Liebe zu Fräulein Sterne war unteilbar, mußte unteilbar sein.
Der Direktor überließ uns Fräulein Sterne. Wir setzten uns. Fräulein Sterne begann zu lächeln. Ich starrte auf ihren Mund, der lächelnd, aber nicht einschmeichelnd, nicht verlegen, sondern vergnügt sagte, sie wollte erst einmal wissen, wie wir heißen. Im Stehen öffnete sie das Klassenbuch und blätterte darin, bis sie die Liste mit unseren Namen gefunden hatte. Das war, wie ich bald herausbekam, eine Eigenart von Fräulein Sterne: Nie hat sie sich hingesetzt. Am Ende der Stunden ließ sie sich flüchtig auf dem Rand des Lehrerstuhles nieder, um mit ihrer runden Schrift Eintragungen ins Klassenbuch zu erledigen. Während ihres Unterrichts stand sie oft am Fenster, bei Klassenarbeiten pflegte sie lange auf den Hof zu schauen und hat damit den Schwächeren eine Chance gegeben. Sie ging vor der Tafel auf und ab oder schlenderte zwischen den Reihen herum. Es war zu spüren, daß Fräulein Sterne sich gern bewegte. Aus jeder ihrer

Bewegungen und dem Mitschwingen ihrer Röcke stieg ein herbzarter Duft, von dem ich hoffte, daß er nur mir gehörte und mir vorstellte, ihn als Tee zu kosten.
Sie stand also mit ihren roten Stiefeln am Pult, mit dem in der Taille gekrausten Nachtwiesenrock, zeigte auf den ersten Namen, las ihn laut und schaute erwartungsvoll in die Klasse. Es war mein Name. Wie oft habe ich mich wegen meines Anfangsbuchstabens A geärgert. Als Fräulein Sterne meinen Namen zuerst sagte, kam mir das wie eine Auszeichnung vor. Mit heißen Ohren und stockendem Herzschlag, doch voll Stolz erhob ich mich und ließ mir von Fräulein Sterne, die ihren Kopf etwas schräg hielt und lächelte, direkt in die Augen blicken. So forsch ich auch zurückzuschauen versuchte, mein Blick drang nicht durch bis zu ihr. Überwältigt kicherte ich los. Ich habe weggesehen, mich hingesetzt und mich geschämt.
Fräulein Sternes Augen waren blau. Blaue Augen unter schwarzen Brauen, die wie ausgebreitete Vogelschwingen waren, unter Ponyfransen, die sie mit immer derselben, unbewußt fahrigen Handbewegung auflockerte. Blaue Augen zu schwarzem, im Nacken gebundenen Haar. Blaue, von keinem Grau, keinem Grün getrübte, schmale, von glänzenden Wimpern eingerahmte Augen. Schon immer hatte ich die dunkelhaarigen Märchengestalten geliebt, Rosenrot, Schneewittchen, Ali Baba, Scheherazade und wie sie heißen, denn ich war bläßlich und unscheinbar und niemand wäre je auf die Idee gekommen, daß auch in meinen Adern dunkelrotes Blut floß. Fräulein Sterne war mein anderes Ich. Ihr Äußeres ähnelte meinem Inneren. Ihr Anblick forderte mich heraus. Das Bild der Schüchternen, etwas Albernen, bekam Risse, und das beunruhigte mich durch und durch.
Es war nicht einfach für mich, in den ersten Wochen. Nachts

wachte ich verstört auf. Ich wurde dünner und noch blasser, ich starrte vor mich hin, erschrak leicht, zog mich zurück und grübelte. In einer schlaflosen Nacht hörte ich mich mit Fräulein Sterne flüstern. Ich spürte sofort eine große Erleichterung; als ob sich durch das Zwiegespräch etwas befreite, das mich ratlos und schwerfällig gemacht hatte. So wurde Fräulein Sterne zu meiner allerliebsten, meiner einzigen wirklichen Freundin. Wir redeten über alles und lachten einfach so, über nichts. Sie sagte mir auf den Kopf zu, daß ich eine ganz schön affektierte Ziege wäre. Ich war verletzt, sie hatte gut reden! Sie zeigte mir, wie man den Krakowiak tanzt. Ich streifte ihr die Stiefel von den Füßen, um sie selber anzuziehen. Ich sprach so perfekt russisch wie sie deutsch. Bevor ich einschlief, streichelte ich ihr Haar. Sie allein erkannte, daß ich im Grunde ganz anders war.
Das fortwährende, verstohlene Eindringen in Fräulein Sternes Gesicht, in ihren Gang, ihre Gesten, ihre Stimme; dieses lauernde Einfühlen hat mich gereizt und gequält, und es hat mich verändert.
Russisch war bislang ein Zwangsfach für mich gewesen, nicht anders als Physik. Diese Sowjetmenschen waren ferne und abstrakte Wesen, grob geschnittene Heldenprofile auf Plakaten. Ein Volk von Friedenskämpfern und Revolutionären, das ging zum einen Ohr rein und zum anderen wieder raus.
Fräulein Sterne war Russin, wie sie uns erzählte, jedenfalls war sie bei Leningrad aufgewachsen. Ihr Deutsch war tadellos, aber mit einem unwiderstehlichen Akzent. Es war von einem schleppenden, melodischen Grundton unterlegt. Die Sprache fing für mich plötzlich zu leben an. Durch Fräulein Sternes Art, mit Satzbau und Begriffen zu spielen, Ausdrücke, die ich bisher nur aus der hohen Literatur kannte, wie beiläufig einzuflechten, wurde

mir das energische Wesen und die Vielfalt meiner eigenen Sprache bewußt. Doch gleichzeitig hat Fräulein Sterne, wenn sie Russisch sprach, ein mich selbst erstaunendes, neugieriges Interesse für ihre Muttersprache entfacht. Ich saß am Schreibtisch meines Vaters, wenn niemand zu Hause war. Mit Fräulein Sternes Stimme las ich laut die zusammenhängenden Texte im Literaturteil meines Russischbuches. Meine Lippen wölbte ich vor wie sie. Zehnmal, zwanzigmal wiederholte ich das L mit dem Weichheitszeichen; ich übte die Variationen des ins A übergehenden O, des ins O spielenden A; schnaubend ließ ich meine Zunge beim R vibrieren. Wahre Gewitter spielten sich in meinem Mund ab, bis mir die akrobatischen Wörter so melodisch grollend über die Lippen rollten wie bei Fräulein Sterne.
Fräulein Sternes Unterricht war spannend. Jeden hat sie drangenommen, sich nicht mit den guten Antworten zufrieden gegeben, und niemals hat sie mit Zensuren gestraft. Selbst ihr Lachen in den Stunden war ein russisches Lachen, es kam tief aus dem Bauch und hat die Klassenwände auseinandergerückt. Alle schwärmten von Fräulein Sterne, trotz der Verdächtigungen, die ihre Stiefel ausgelöst hatten.
Doch auch ein Fräulein Sterne hatte sich an den Lehrplan zu halten und damit an das langweilige Russischbuch. Mündlich war ich bald eine Eins. Ahnte Fräulein Sterne etwas von meinen Selbstgesprächen mit ihr, wenn sie mir in den Stunden anerkennend zunickte? Nichts wußte sie von meinen geheimen Vokabelheften, die ich zwischen Büchern versteckte, nichts davon, daß ich Lieder auf russisch auswendig lernte und beim Abwasch übte, *Katjuscha, Herrlicher Baikal, Partisanenlied,* und daß ich meine Stimme dabei so schmelzend dahinebben ließ wie zwanzig Donkosaken.

Meine Liebe hielt bis zum Abitur an. Danach ging Fräulein Sterne in den Westen. Wieder flackerten die Gerüchte über Fräulein Sternes Beziehungen und Verbindungen auf; bestimmt war sie eine Agentin, bei dem Aussehen! Aber das kannte man ja schon. Auch nach dem Vorfall in ihrer Wohnung konnte ich mein Gefühl nicht verdrängen. Aus der bisherigen, im Stillen geschürten Glut hat es sich in eine widerspenstige Traurigkeit verwandelt, die ich hinter Clownsgehabe und Hackenschuhen verbarg. Während der drei Schuljahre mit Fräulein Sterne hat es keinen einzigen Jungen in meinem Leben gegeben, nur sie, die ich aus dem Gedächtnis zeichnete, an die ich niemals abgeschickte Briefe schrieb und die ich einmal küßte.

In der zwölften Klasse probten wir Tschechows *Heiratsantrag* für die Abiturfeier. Das war Fräulein Sternes Idee. Für die einzige weibliche Hauptrolle war das Los auf mich gefallen. Ich habe mir natürlich eingebildet, daß Fräulein Sterne beide Loszettel mit meinem Namen beschrieben hatte. Sabine Lösche war zwar schriftlich sehr gut, aber mündlich konnte sie mir schon ab der Elften nicht mehr das Wasser reichen.
Zweimal die Woche, drei Monate lang, nachmittags Proben bei Fräulein Sterne. Sie bewohnte die obere Etage eines Reihenhäuschens. Einmal war sie kurz in ihrem Schlafzimmer verschwunden, aber ihr Bett habe ich nicht gesehen. Den Tee kochte sie unten in der Küche ihrer Wirtin.
Zuerst waren mir die beiden gewaltigen Pflanzen vor dem Fenster aufgefallen. Eine hatte Blätter, die wie Fächer aussahen. »Palmen«, sagte Fräulein Sterne lächelnd, nur auf meinen Blick hin. Draußen vor ihrem Fenster hat eine Tanne gestanden.
Der dicke Reinhard Racke, Edgar Pollow und ich saßen um den

Nierentisch auf zierlichen Sesseln. Der Teppich war endlich mal kein rostfarbener Teppich, er war honiggelb. Überall Bücher mit russischer Schrift, aber ich habe mich nie getraut, mir eins auszuleihen. Über dem Zweisitzersofa, auf dem Fräulein Sterne immer saß, hing ein Bild, von dem jeder gesagt hätte, das sei dekadent. Das Bild hat mir gefallen, weil es Fräulein Sterne gehörte. Ich habe immer wieder hinsehen müssen und bin dabei auf die Idee gekommen, daß Gefühle oder Töne sich malen lassen. Zu Hause habe ich versucht, Fräulein Sternes Lachen zu tuschen. Es wurde ein blaues Bild mit weißen und hellblauen wolkenartigen Gebilden darin, aber in der Mitte das Rot, das habe ich einfach nicht hinbekommen.
Fräulein Sterne war eine strenge und heftige Regisseurin. Ich glaube, sie hätte am liebsten jede Rolle selbst gespielt. Manchmal redete sie plötzlich russisch mit uns, und wenn sie das merkte, entschuldigte sie sich und lachte. Sie hat ja nicht gewußt, daß ich sie verstehen konnte. Die Tür zur Etage hat immer offen gestanden, nur ihre Schlafzimmertür war geschlossen.
Bald konnte ich die Rolle auswendig, aber ich habe mich sehr vor Fräulein Sterne geniert. Viel lieber hätte ich für sie so einen Vamp gespielt wie die Dietrich, oder wenigstens ein nettes junges Ding wie Lilo Pulver. Fräulein Sterne erklärte mir geduldig das Wesen der Natalja Stepanowna, dieser zickigen, launischen alten Jungfer, um deren Hand der verklemmte benachbarte Gutsbesitzer anhält. Nur der Nierentisch war zwischen ihren und meinen Knien. Die Zartheit ihrer Haut war mir zum Streicheln nah. Fräulein Sterne war unzufrieden mit mir. Weil ich mich zierte und befangen war, gelang es mir nicht, die zickige Natalja angemessen zu spielen. Fräulein Sterne runzelte die Stirn, lächelte verzweifelt. Sie hätte mich sogar beschimpfen

können, ich hätte sie doch nur immer dabei angeschaut und gedacht: So kann sie also auch sein ...
Die Jungen wurden von Fräulein Sterne gelobt, obwohl sie dauernd mit ihrem Text hängenblieben. Die Männerrollen waren auch viel einfacher und eindeutiger. Plumper waren sie. Fräulein Sterne bestellte mich für einen Nachmittag allein zu sich, um mit mir die Schlußszene zu üben.
Sie machte Tee. Ich sah mich aufgeregt in ihrem Zimmer um und atmete diesen undefinierbaren Duft ein. Die Palmen — der Süden — Vorstellungen von Marmorterrassen wehten mir durch den Kopf. Die Tür war nicht ganz so weit geöffnet wie sonst. An der Wand hinter der Tür sah ich das Bild. Ihr Bruder, wollte ich sofort wieder denken, wie jedesmal, wenn ich Fräulein Sterne zufällig mit dem schwarzhaarigen jungen Mann im Bus gesehen hatte. Ihr Bruder, wie damals, als sie mit dem Schwarzhaarigen schwatzend an mir vorbeigeradelt war. Für ihren Bruder hatte sie doch auch das zweite Schnitzel gekauft, den Anzug von der Reinigung geholt. Ich starrte auf das Bild, und der Mann schaute zurück. In meinem Magen fing es an zu brodeln, und wohin ich mich auch drehte, folgte er mir mit seinen braunen Augen, lächelte mich an. *Sucht' ich, ach, das Grab meiner Liebsten*, schoß mir ausgerechnet Stalins Lieblingslied durch den Kopf. Mit seiner süßen Melodie dröhnte und trällerte es wie verrückt. Verraten und verspottet! Ich wollte aufspringen und wegrennen und nicht mehr leben, da hörte ich Fräulein Sterne auf der Treppe.
Schon stand sie mit dem Tablett in der Tür und sagte: »Heute klappt es bestimmt.« Das hat sie gesagt und mich dabei ganz lieb angesehen und mir Tee eingegossen. Ich saß wie angenagelt und knirschte mit den Zähnen und ballte die Fäuste. Fräulein Sterne

lehnte die Tür an die Wand. Meine Fäuste entkrampften sich. Mit Genugtuung merkte ich, wie eine Wut mir hinter die Augenlider stieg und meinen Blick hart machte. Wilde Unsicherheit fiel mich an, meine Lippen wurden steif. Die Palmen und das Bild und die ganze Kultur um mich herum, die roten Stiefel auf dem Treppenabsatz vor der verdammten Tür, der grusinische Tee und überhaupt alles konnte mir den Buckel runterrutschen. Ich bin die schrullige, affektierte, beschränkte, meinetwegen gierige Person, ich werde die Männer lehren, wer die Pantoffeln trägt und wer die Hosen. Jawohl, wenn ich sie erstmal in meinen Krallen habe, dann werden sie — — »Gut! Sehr gut« schnurrte Fräulein Sterne auf russisch, »phantastisch, jetzt kriegst du es hin!« Ja, *du* sagte sie zu mir, und ihre blauen Augen leuchteten. Du, hat sie gesagt und mir auf die Schultern geklopft und genickt und gelacht, daß die Palmen zitterten, und dann hat sie mir einen Kuß rechts neben meinen Mund aufgedrückt, direkt auf meinen Leberfleck.
Dieser herzhafte Kuß, mit dem Fräulein Sterne meinen Grimm, meinen Schmerz und meinen Haß belohnte, hat mich nicht versöhnt, nicht beruhigt und mich schon gar nicht auf den Boden zurückgeholt. So harmlos hat sie da bei mir gestanden auf ihrem honiggelben Teppich — sie hatte doch nur meine Leistung gewürdigt mit ihrem Kuß. Mich hat er beschämt, dieser Kuß, und nicht ein bißchen beglückt, nicht ein bißchen. Zerstört hat er etwas in mir, der Kuß von Fräulein Sterne! Den anemonenfarbenen, leichten, tausendfach gekräuselten Vorhang hat er zerrissen. Noch immer strahlte sie. Mir aber war, als müßte ich einen langen, sonnenbeschienenen Weg im kalten Regen zurücklaufen.
Das ging damals so schnell mit den Tränen, sie schossen nur so aus mir heraus, gerade deswegen, weil ich sie verbergen wollte.

Nun hatte sie meine Tränen gesehen, nun wußte sie. Nun war mir alles egal: Ich habe mich an ihren Hals geschmissen und sie mitten auf den Mund geküßt. Was heißt geküßt, ich wußte ja gar nicht, wie das ging, ich habe eben meine Lippen auf ihre gepreßt. Hart hat sich das angefühlt, und die Tränen waren an den Seiten vorbeigerannt.

Maja Bauer

Else

Else steht vor Fritzens Schrank und räumt aus. »Die Anna kommt«, singsangt sie, und es klingt ein wenig klagend, fragend. Seine Kleider hätte sie eigentlich längst versorgen können, das erste Jahr nach seinem Tod war verstrichen. Sie würde alles in die Sammlung geben. Als sie die Pakete verschnürt im Flur gestapelt hat, setzt sie sich, nimmt die Leselupe, um Annas Brief, die zarte kleine Schrift, noch einmal zu entziffern: am Donnerstag, noch vier Tage. Dann schreibt sie, Liebste Anna! und weiß nicht weiter. Es ist so schwer, eine Brücke zu bauen über die lange Zeit.
Hab vom Lachen geträumt. Hab geträumt. Was für ein Lachen! Wer das war? Habe ich gelacht? Nein. Und Fritz? Der kann es auch nicht gewesen sein. Wie hat Fritz gelacht? Ich habe ihn manchmal lachen sehen, er sah dann zur Seite und schüttelte sich ohne einen Ton, selbst wenn ihm die Tränen herabliefen. Aber das im Traum war laut und hell. Es war Anna! So hat nur Anna gelacht. Sie stand inmitten der grauen, lumpigen Kinder. Wo war ich da? Ich stand dabei, und für mich war es Arbeit. Diese verbitterten Kinder. Garten! Kindergarten heißt man das, wo die Arbeiterinnen ihre Wuzzerln abgeladen haben.
Die Anna hob ihre Hände, auf der einen die Kasperlfigur, auf der anderen den Polizisten. Anna konnte die Figuren reden lassen, wie sie wollte, es gab ein Lachen. Sogar die Kinder lachten, sogar ich. Sie lacht wie ein Vogel. Mich habe ich nicht gehört.
Das war schön mit der Anna. Eigentlich wäre sie meine Vorgesetzte gewesen im Siemenskindergarten. Sie hat mich umarmt, sie hat meine Ängstlichkeit weggestreichelt, wenn ich aus Not, aus Hilflosigkeit ein Kind gehauen hatte, sagte sie: der braucht auch einmal ein' Pritsch, der kennt es nicht anders!
Dann hat sie mich von meiner Mutter losgeeist: die lange Fahrt

in der dunklen Frühe und abends das Bedienen daheim, das kannst du dir sparen. Du ziehst zu mir, und meine Eltern werdens leiden, wenn du zahlst für die Schlafstell in meinem Zimmer. — Sie haben sich drein gefügt. Annas Mutter verlangte, ich solle die Ziege melken. Anna lacht: da hat sie eine Dumme gefunden, laß dir nichts gefallen. Die Ziege trat in die Milch. Komm jetzt, wir kaufen für dich und für mich das gleiche Kleid, ganz kurze Sackkleider fürn Charleston. Meine Mutter wird die Hände überm Kopf zusammenschlagen. Anna weiß, wie neumodisch getanzt wird. Wir wollen uns seidene Wäsche kaufen, feine Hemdhöschen mit langer Taille, und wenn wir, sagt Anna, noch ein halbes Jahr arbeiten, haben wir eine Wohnung für uns, wir zwei allein.
Es ist anders gekommen. Weil. Wegen dem Fritz. Das sei ihr Bruder, der in München studiert. Wenn er heimkommt, der will seine Ruhe. Sie machte mir Angst vor dem Fritz. Er mag keine Frauen, er nennt sie immer bloß Ochsin. Fritz war ganz anders. Er strahlt mich mit den Augen an. Anna und er: die gleichen lichtblauen Augen. Er ging gern mit uns aus.
Ich mußte es ihr sagen: der Fritz und ich heiraten. Da war gerade die Inflation. Schnell müssen wir heiraten, das Geld ist von einem Tag auf den andern nichts wert. Das war das eine Mal, daß Anna in mein Bett kam und weinte, beide weinten wir sehr. Von da an schlief ich in Fritz seinem Zimmer, da war nur ein Bett. Seine Mutter wollte es nicht: die Else hat lauter Daumen, nimm sie nicht! Es war schon geschehen.
Else sitzt immer noch vor dem angefangenen Brief, sie befühlt ihre alten Gichthände: lauter Daumen. Jetzt stimmt das eigentlich. Mühsam schreibt sie: Freue mich, wenn Du kommst. Werde Dich am Bahnhof abholen. Bring auch bitte feste Schuhe mit...

Einmal meint Else, vier Tage seien lang, dann sind sie doch schnell weg, in Unruhe räumt sie in der Wohnung herum. Die Wohnung ist zu groß für dich allein, hatte die Tochter neulich gesagt, vermiete doch. Wie, wenn die Anna? Sie weist den Gedanken wieder von sich; Anna, die nun seit Jahrzehnten als Diakonissenschwester arbeitet, für sie wird es zu eng sein hier. Und im Brief steht ausdrücklich, auf der Durchreise zum Nordseeurlaub, nur auf ein paar Tage. Wieso eigentlich Urlaub, wo Anna doch pensioniert ist? Spannung ist in Else, fast wie wenn Fritz von einer Reise zurückkommen sollte. Sie hat schon den Tisch gedeckt und ist dann doch nicht fertig mit dem Kochen zur Zeit. Unwillkürlich schaut sie durchs Küchenfenster, sie wird doch nicht schon kommen? Genauso hatte sie immer hastig aus dem Fenster gesehen, wenn er von der Arbeit kommen sollte, und als er dann am Gartenzaun entlangschritt, war sie noch flinker vom Herd zum Tisch hin und her gesprungen, du liebe Zeit, er kommt schon, Sturm voller Hunger! ·

Jetzt stellt sie den Herd ab, zieht die Schuhe an. Vor dem Spiegel: Das weiße Haar steht hoch und kraus über dem Gesicht, läßt sich vom Kamm kaum niederzähmen. Sie versucht es mit Klemmen an den Schläfen.

Auf dem Weg zum Bahnhof merkt sie, daß sie wieder so vornübergebeugt geht. Sie versucht, den Rücken gerade aufzurichten, da! Anna kommt! Mit schnellen Schritten, das lange, blaue Schwesternkleid bauscht sich. Sie läßt ihr kleines Köfferchen schaukeln, jetzt fällt es auf den Weg, Anna umarmt Else, Else streicht über Annas wohlgescheiteltes Haar und zieht die Hand zurück vor der gestärkten, weißen Faltenhaube.

Als sie dann am Tisch sich gegenübersitzen, lacht Anna, einfach so. Ihre Stimme ist überhaupt nicht gealtert. Anna will abspü-

len. Das duldet Else nicht: Geh, du mit deinen zarten Händen! Wirklich, Annas Hände sind so weiß und fein, wie damals. Else denkt auch, Anna würde bestimmt nicht die richtige Reihenfolge wissen: zuerst die Gläser, dann das Silber usw.; beim Abtrocknen fragt Anna: was machst du mit der Einsamkeit? und Else meint, sie sei es gewohnt und, ich singe und rede für mich hin, ab und zu besuchen mich die Kinder.
Für Anna ist ein Bett gerichtet im ehemaligen Kinderzimmer. Sie hört Else noch lang nebenan sprechen. Ob sie im Schlaf spricht?
Wenn in den nächsten Tagen die zwei alten Frauen spazieren gehn, tun sie es rüstig, oft schweigsam, sie gehen auch bei Regen hinaus, man kann ja doch nicht den ganzen Tag in der Stube einander gegenübersitzen. Anna erinnert sich: mit Fritz bin ich beim Wandern immer in Streit gekommen, er wollte hier und ich dort weitergehn, meistens kamen wir aus verschiedenen Richtungen heim. — Ich bin früher überall mitgelaufen, sagt Else, aber er hat immer die sumpfigen Wege genommen, später bin ich lieber daheim geblieben.
Es verlangt Anna, die alten Fotos zu sehen. Bräunlich vergilbte Jugendbildnisse von Fritz, mit Studentenkäppi 1913. Mit Soldatenmütze 1914. Die beiden Freundinnen im Profil 1921, also Anna hatte früher hohes, helles Kraushaar, Else glatt und sanft gescheitelt (jetzt ist es umgekehrt, Elses Haar kraust sich wie ein Gewölk, Annas ist brav geschlichtet). Das Foto zu dritt 1922. Die beiden jungen Frauen sitzen im Gras, angetan mit ihren hellen, kurzen Sackkleidern, Fritz steht dahinter, eine Hand in die Hüfte gestemmt. »Wer hat das geknipst? Ach, ich weiß, das war der Eichhorn, den hat Fritz engagiert, er wollte, daß ich auch einen Mann haben soll. Er hat es doch zuerst gemerkt, daß das

im Dreieck nicht ging. Immer öfter wollte er mit dir allein sein. Und du hast dich geziert, wenn ich dabei war, da durfte er dich nicht anfassen. Ich hab gestritten mit Fritz. Er hat dich mir ausgespannt.« Else schnauft: »Und ich habe gedacht, es ist, weil ich dir deinen Bruder wegnehme, ich stand auf einmal zwischen euch. Aber du hast leider den Eichhorn nicht gemocht.« — »Gar keinen hab ich gemocht.« Anna wird unwirsch: »Hab doch bei dir gesehn, wie sie einen in Beschlag legen!« Ach Anna. Das Hochzeitsbild 1923. Alle lächeln. Nur Anna nicht.
Sonntagnachmittag, Anna packt ihr Köfferchen für die Weiterreise, sie denkt an das Gespräch von heute morgen, wo sie Else vorgeschlagen hatte, mitzufahren an die Nordsee, aber die hatte abgelehnt, sie könne nicht schwimmen, sie habe nichts Schönes anzuziehn, und warum, hatte Anna gefragt, bist du eigentlich früher mit Fritz nie mitgekommen nach Sylt? »Er hat mich nie eingeladen dazu, er wollte da allein sein. Und außerdem, ich mußte doch bei den Kindern bleiben.«
Jetzt hört sie von nebenan Else mit hoher Stimme jammern. »Else, was ist?« Anna schaut nach ihr. Zusammengekrümmt sitzt sie auf dem Bett, zittert, hat Schüttelfrost. Langsam zieht Anna Else aus, bettet sie. Es muß ein Arzt gerufen werden. Der stellt hohes Fieber fest, vermutet Nierenentzündung. Das Köfferchen wird wieder ausgepackt.
Daß sie gerade jetzt krank werden muß! Ich werde sie pflegen. Aber sie ist schwierig, sie traut mir nichts zu: vergiß nicht, das Gas abzudrehen, sagt sie immer, und: mach dir Licht, wenn du in den Keller gehst. Ich wollte mich in Fritz sein Bett legen, aber das mag sie nicht, sie hat seine Matratze verschenkt, die war noch gut. Sie will nicht, daß ich bei ihr schlafe; wenn ich jetzt zu ihr hineingehe, frage ich sie, ob ich beten soll.

Else nickt, »ja bete mir *Ein Tag der sagts dem andern, mein Leben sei ein Wandern* ..., oder nein, bete lieber *Ich wollt daß ich daheime wär und aller Welte Trost entbehr* ...« Das kennt Anna nicht auswendig. »Du mußt in Fritz' Notenständer suchen, das Buch heißt *Wachet auf*«, Anna findet das Buch nicht. Else ist ganz teilnahmslos. Schläft sie? Ich bete vor mich hin: Lieber Gott, wir sind in Not geraten, sieh auf unsre Not, sieh, Elses Krankheit, bitte schenke ihr einen gesunden, heilsamen Schlaf, bitte erlöse sie von dem Fieber. — Mir fällt das Medikament ein. »Else?« Ja, sie ist wach. Sie schluckt den Penicillinsaft. Ich rede ihr zu, Tee nachzutrinken. Sie wehrt sich, sie habe keinen Durst. »Anna, hast du die Haustür zugesperrt?« fragt sie. Ich nötige sie zu trinken, ich bete laut: »Bitte, lieber Gott, mache der Else Durst, denn sie muß trinken, damit das Penicillin wirkt!« Da trinkt Else. O Gott, sie schläft, sie schnarcht scharfe, pfeifende Töne. Dann redet sie: »Fritz, Vater, du sollst nicht mit dem guten Anzug im Garten graben! O Gott, Fritz, mach das nicht ... halt, du darfst den Buben nicht so schlagen, nicht auf den Kopf! meinst du, davon wird er gescheiter? Nein, geh doch in dein Kino und laß uns in Ruh ... die Anna hat schon recht, daß sie ins Mutterhaus gegangen ist, bei den Schwestern hat sie ihre Ordnung. Was das für eine Ordnung ist. Jede kriegt eine Semmel zum Frühstück. Und das Taschengeld reicht fürs Briefporto.«
Als die Morgenvögel sangen, schlief die Kranke ganz ruhig und Anna auch endlich. Beim Aufstehen schmerzten ihr die Glieder, sie betet, Gott möge sie gesund bleiben lassen, es gibt Arbeit. Sie wäscht die schweißdurchtränkten Nachthemden, kocht Suppe, brüht Tee, nötigt Arznei hinein und dazu betet sie laut: »Lieber Gott, schenk der Else die Einsicht, daß sie sich nicht mehr gegen die Arznei wehrt, hilf ihr, daß sie merkt, daß ich ihr doch helfen

will, gib ihr eine ruhige Nacht, mach sie doch bitte folgsamer, daß sie sich fügt in ihr Geschick, du hast es ihr schließlich verordnet, was sie leidet, sie soll nicht träumen, bitte, wenn möglich, senke ihr das Fieber.«
Nach zwei Tagen sank das Fieber. Else verlangte nach Obst, Anna ging einkaufen, zuvor hatte sie noch Wäsche in den Garten gehängt. Unterwegs fing es an zu regnen, sie beeilte sich. Da traf sie Else barfuß im Garten. Im Nachthemd! Aber! Else hatte nur schnell die Wäsche von der Leine geholt. »Du holst dir den Tod!« schrie Anna. Die Kranke war nicht mehr zu überreden, ins Bett zu gehn, sie zog sich an und ging in die Küche. Später beim Abendbrot fing Anna an zu beten, da unterbrach Else sie: »Du hast jetzt genug gebetet, das reicht mir jetzt. Immer reibst du mir im Gebet hin, was du so nicht sagen magst.« »Dann bete du doch mal.« Else senkt den Kopf und ist still.
Am übernächsten Tag reist Anna allein zur Nordsee. Elses Tochter fragt nach, wie das wäre mit Anna, ob sie nicht überlegt hätten, Anna könne bei Else wohnen, »dann wärst du nicht mehr so allein«. Ach nein, sagt Else, seit Vater tot ist, sei sie das erstemal selbständig und das wolle sie noch eine Weile bleiben.

Lola Gruenthal

Spiele zwischen den Kriegen

Sie war groß und schön, von ungetrübt arischem Blut, überlegen, unnahbar, eine Garbogestalt mit tragischem Ausdruck, der sich in übermütiges Lachen verwandeln konnte: mein unerreichbares Vorbild, meine geliebte Karin.
Ich war zwei Jahre jünger, von durchschnittlichem Wuchs und Aussehen, körperlich unterentwickelt noch mit 14 Jahren (keine Spur von Menses oder von Busenansatz), naiv, albern, übertrieben aus Unsicherheit: ein Judenkind von russischen Eltern.
Kurz vor Beginn der Naziregierung gingen wir täglich gemeinsam zur Schule, trennten uns nur für die Klassen und gingen dann wieder gemeinsam nach Hause, wo wir den Rest des Tages gemeinsam verbrachten, angeblich um Schularbeiten zu machen.
Nach dem Abendessen begleiteten wir einander zurück zu unserem jeweiligen Elternhaus, wo weder sie noch ich uns recht zu Hause fühlten. Im Gehen waren wir meist so vertieft in überwältigende Probleme —, nicht ausschließlich die eigenen sondern auch die der Brüder Karamasoff oder der Madame Bovary und anderer Wahlverwandten —, daß wir uns von der Haustür noch nicht trennen konnten und weiter »Probleme wälzend« einander den gleichen Weg zurückbegleiteten. Es wurde schließlich spät und unsere Eltern drohten, unsere Beziehung endgültig abzubrechen.
Die Mütter spielten Bridge am Nachmittag oder gingen zum *Thé Dansant* mit jungen Männern, die man für diesen Dienst bezahlte, was zu jener Zeit in unseren Kreisen nicht ungewöhnlich war und was auch unsere Väter ganz natürlich fanden. Die Väter fanden ihre Entspannung anderweitig, — doch dies war weniger allgemein bekannt, obwohl nicht weniger üblich. Wir wurden von dem Personal darüber aufgeklärt, den Mädchen oder »Fräulein« mit beschränktem Familienanschluß, mit denen

uns außerhalb der Dienstzeit der Verkehr verboten war. Das Verhalten unserer Väter erschien uns »einfach tierisch« und erfüllte uns mit tiefer Verachtung für alles Männliche.

Wir aber spielten andere Spiele. Karins Dachgarten wurde zur Zirkusmanege, wo wir uns als Jongleure, Trapezartisten und Akrobaten trainierten. Das Drahtseil ersetzten wir durch schmale Stege, von ihrem Dach zum nächsten führend, auf denen wir mit aufgespannten Schirmen und aufgeregtem Herzschlag, scheinbar unbekümmert lächelnd, über dem Abgrund graziös hin und her balancierten.

Bei weniger gefährlichen Spielen in jüngeren Jahren, wenn wir eigene Märchen improvisierten, durften die kleinen Geschwister als Elfen und Zwerge mittun, während wir gute und böse Feen, verwunschene Königstöchter und erlösende Prinzen großzügig abwechselnd untereinander verteilten. Die Kleinen waren uns meist nur im Weg. Es fehlte ihnen einfach an Phantasie. Sie lachten und weinten an falscher Stelle, und wenn wir sie als Gespenster verfolgten, schrien sie gleich wie am Spieß und brachten damit die Erwachsenen als Spielverderber gegen uns auf.

Am schönsten war es, wenn wir als fragwürdige Damen verkleidet in Lichtspielhäuser einzudringen versuchten, wo Jugendlichen der Zutritt verboten war. Auf Stöckelschuhen schwankend, in schleppend langen Gewändern, mit blutrot bemalten Lippen unter verschleierten Hüten schlenderten wir durch die Straßen Berlins, übten uns in demi-mondänen dämonischen Blicken und genossen unsere Verworfenheit, die völlig unbestraft — weil unentdeckt — blieb. Als wir die *Freudlose Gasse* verlassen mußten, — wir hatten sie zweimal hintereinander gesehen, soweit man durch Maskaratränen sehen kann —, erfanden wir neue erschütternde Variationen der Handlung und

führten sie fort zu verschiedenen tragischen Enden auf dem Weg zwischen Tauentzienstraße und Kurfürstendamm.
Es gab nichts, was wir nicht miteinander teilten, von Borkeschokolade und belegten Stullen bis zu begeisterter Anbetung einer gemeinsamen Lieblingslehrerin — und dazwischen die heimlich entdeckten Unheimlichkeiten der erwachsenen Welt, die uns verwirrten und auf die wir mit Abscheu, Sehnsucht und Angst reagierten.
Wir hatten uns ewige Treue geschworen und unverbrüchliche Wahrhaftigkeit und diesen Schwur nach altbewährter Sitte mit eigenem Blut unterzeichnet. Wir gelobten einander, unsere Freundschaft »allen Gewalten zum Trotz zu erhalten« und niemals einem Mann zu gehören, da Männer, wie wir aus Erfahrung wußten, verständnislose brutale Bestien waren.
Mit 17 Jahren brach sie den Schwur und vergaß die Freundschaft wie man einen Schirm vergißt. Sie war glücklich-unglücklich verliebt in einen Studenten, der nichts besaß als seine Liebe zu ihr. Ich verstand nicht viel davon. Ich war zu sehr von meinem Verlust erfüllt. Wir sahen uns danach nur selten und hatten kaum noch etwas miteinander zu teilen.
Mit 20 Jahren heiratete sie einen Mann, der älter und sehr wohlbemittelt war und sie verwöhnte. Mit 22 erwartete sie ihr zweites Kind. In der Zeit sah ich sie zum letztenmal, und mir fiel auf, wie sehr sie sich bemühte, die Rolle der erfahrenen Frau zu spielen, während sie, »ehrlich gestanden, das Mutterglück nicht allzu beglückend« fand. Wir hüteten uns, die Vergangenheit zu streifen und wünschten uns beim Abschied »alles Gute für die Zukunft«.
Ich ging dann nach Amerika, damals noch das »Land der unbegrenzten Möglichkeiten«, wo ich neue Grenzen und neue Mög-

lichkeiten fand. Von Karin hörte ich nichts mehr. Sie schrieb an eine andere alte Freundin nach dem Krieg, in dem sie ihren Mann und allen früheren Besitz verloren hatte. Zuletzt, zwölf Jahre später, schrieb sie über sich wie über eine amüsante Romanfigur: sie lebe unbekümmert von der Hand in den Mund, aber ihre Kinder, besonders die sehr erwachsene Tochter — leider pädagogisch weit mehr begabt als sie — seien ständig bestrebt, den unverantwortlichen Leichtsinn der Mutter einzuschränken. Wenn sie gelegentlich die Lust verspüre, im Vorübergehen an einem Obst- oder Gemüsegarten hier und da einen Apfel oder eine Karotte »mitgehen« zu lassen: »Scotlandyard-Griff — und nichts ist es mit den Erfrischungen.« Die pädagogische Gabriele erkläre ihr anschließend liebevoll, daß sich »so was für eine ältere Dame und überhaupt nicht gehört und außerdem unmoralisch ist«.

Das Ganze klang wie die Wiederholung eines Spiels, an dem sie innerlich nicht mehr beteiligt war, als hätte sie — trotz aller Lustigkeit — die Lust daran verloren. Sie starb dann bald, ganz schnell und scheinbar mühelos, mit 45 Jahren.

Rahel Hutmacher

Jahrestag

Schwarz Wasser

Kirschnacht

Von Rahel Hutmacher erschienen
Wettergarten, 1980
Dona, 1982
Tochter, 1983
im Verlag Hermann Luchterhand, Darmstadt

Jahrestag

Heute muß ich früh aufstehn, heute muß ich gehn.
Ach, bleib doch noch.
Ich kann nicht mehr bleiben, Liebste. Heute muß ich endlich aufstehn und die Briefe austragen.
Jetzt hast du schon so lange gewartet, jetzt kommts auf einen Tag auch nicht mehr an. Was mußt du sie auch grade heut austragen: in der schönsten Nacht des Jahres, früh am schönsten Tag des Jahrs.
Liebste, ich hab schon fast zu lange gewartet. Die Briefe, die ich austragen müßte, sind schon ganz vergilbt. Schon zerstöbern sie zu Fetzchen; schon schneits uns ins Bett, Liebste. Ich darf nicht länger warten: jeden Tag vergeß ich wieder einen Weg. Da stehn jetzt plötzlich Häuser, wo wir früher Füchs gehütet haben, heimlich Eier ausgetrunken, weißt du noch. Da wachsen plötzlich Rabengräber, wo früher die Großmütter auf mich warteten: hielten ihre Hunde an den Ohren zurück, nahmen mir die Briefe ihrer Enkel aus der Hand, gaben mir zwiefach gebacknes Brot dafür. Dankten mir, beschenkten mich; oder fürchteten mich: nahmen die Briefe ihrer Enkel mit geschlossnen Augen an und spuckten mir ihre Zähne vor die Füße.
Aber warum gerade heute. Wart doch nur noch einen Tag: bis der schönste Tag des Jahrs vorbei ist, die schönste Nacht des Jahrs. Bis wir uns nicht mehr so lieben wie gerade heut; bis ich sag: Jetzt kannst du gehn.
Ach Liebste. Seit einem ganzen Jahr schon fängt der schönste Tag nur immerzu erst an, und die Briefe, die ich jetzt seit einem Jahr nicht ausgetragen hab, zerfallen zu Schnee und drücken

uns das Dach ein. Die schönste Nacht hört gar nicht auf, Liebste, und das Gezeter der Wartenden dringt uns schon bis in Schlaf. Nein, Liebste. Ich will jetzt nicht mehr länger warten, ich muß jetzt gehn. Es ist doch nur für ein paar Stunden.
Ach, meine Liebste glaubt mir nicht. Sie klammert sich an mich, als wollt ich nie mehr zurückkehren. Als wollt ich sie verlassen: mein Herz anhalten, das Gartentor zuziehn, sie sofort und für immer vergessen und nie mehr wiederkehrn. Ich komm doch wieder, meine Schöne; aber sie sieht nur, daß ich im Gras die Schuhe such, in denen schon seit einem Jahr Rhabarber wächst.
Sie sagt bleib bleib und sieht mir zu, wie ich ihr meine Haare aus den Händen ziehe. Sie glaubt mir nicht; sie sitzt und klagt und weint mir nach, als wäre ich gestorben, als käme ich nie mehr zurück: wie sie sich irrt.
Wie recht sie hat. Zwar komm ich wieder; zwar eile ich und mach so schnell ich kann, das ist schon wahr. Aber ich laufe zu schnell: als wär ich erleichtert, worüber. Ich lauf allein; mir fehlt ihre Hand auf meinem Arm, mir fehlt ihre Hand in meiner Hand: fehlt mir gar nicht.
Ich ruh mich aus. Meine Hand wird heute nicht gezogen, hierhin, dorthin, nicht gehalten und nicht immerzu gelesen: ruht sich aus; und wenn ich endlich alle Briefe zu ihren schimpfenden, wartenden oder längst gestorbnen Besitzern gebracht hab, geh ich nicht, eil ich nicht, renn ich nicht zu ihr nach Haus.
Ich versteck mich hinter einer Scheune, wessen Scheune, irgendeine. Da sitz ich lange Zeit und ruh mich aus: ungesehen, ungefragt, mit angehaltnem Herzen, ganz allein.

Schwarz Wasser

Schwester, Liebste, bist dus. Aber was mir nachts ans Fenster klopft mit Fingern, mit Geflüster, ist nur das Immergrün. Willenlos und ohne sich zu wehren läßt es sich vom Sturm den Kopf an meine Scheiben schlagen und nickt zu allem, was der sagt.
Was stehst du da am offnen Fenster, sagt meine Mutter; du holst dir ja den Tod. Sie schickt mich ins Bett zurück und schließt das Fenster wieder zu.
Vor meinem Fenster blüht der Hauswurz. Da muß im Haus bald jemand sterben, sagt meine Mutter, sagte ihre Mutter auch schon. Muß jemand sterben, Liebste, und du bist nicht da: um die Drohung wegzulachen, um zu sagen: Ich sterb doch nicht.
Da werden wieder Boote kentern bei dem Sturm, sagt meine Mutter. Sie läuft ins Haus und zertritt im Dunkeln deine Briefe, ohne es zu merken. Meine Großmutter steckt bei solchem Wetter Kerzen an für alle, die in Booten fahren müssen.
Schwester, könnt ich dich nur warnen. Aber selbst wenn ichs könnte: du würdest über mein Angstreden nur lachen. Würdest mich auf den Mund küssen, würdest lachen und sagen: Ich sterb doch nicht; das Boot losbinden, wegrudern und mich zurücklassen mit meinen unnützen und ängstlichen Warnungen, mit einer argwöhnischen Mutter und einer Großmutter, die sagt: Kind, hast du Fieber, Kind, was ist mit dir.
Ich bin kein Kind mehr, schon lang nicht mehr; aber das kann ich ihr nicht sagen, sie glaubts nicht.
Sie glaubt mir nicht, du glaubst mir auch nicht. Viel zu spät erst merkst du dann, du hast ein Leck im Boot, niemand hats dir gesagt. Ich habs dir wohl gesagt, aber damals hast du mich ge-

küßt, hast gelacht und mir nicht geglaubt. Du fährst hinaus, da steigt dir still und schnell das Wasser im Boot, glänzt dich an und legt sich wie kalte Seide um deine Füße.
Du sitzt erschrocken; jetzt lachst du nicht mehr. Du siehst zu, wies fischglatt und fischschwarz deine Füße wegleckt, deine Beine schluckt.
Du hast mir versprochen, bei mir zu bleiben, mich zu hüten, mich zu hüten, du Untreue. Jetzt fährst du über schwarze Seen. Wo du durchgefahren bist mit deinem Boot, schlagen die Bäume zusammen, und du findest nie mehr zurück. Du mußt weiter und weiter fahren mit deinem immer langsamer werdenden, immer schwerer werdenden Boot. Du gibst schließlich auf und weinst, weißt keine Hilfe mehr, versinkst und ertrinkst und läßt mich ganz allein zurück mit einer Mutter, die mir jede Nacht von neuem ahnungslos und wohlmeinend auf deine Holzbriefe, auf deine Steinbriefe tritt; mit einer Großmutter, die in unnützen Kirchen unnütze Kerzen anzündet und unnütze Gebete sagt für mich, für dich, für alle, die gestorben und ertrunken sind.

Kirschnacht

Die eine Schwester wird diese Nacht fröhlich. Sie ißt abends heimlich von diesen Kirschen und spuckt ihrem schlafenden Mann die Kerne in seinen ordentlichen Garten. Dem werden morgen schon die Kirschbäum wachsen: meine fröhliche Liebste ist jetzt ganz sicher.
Und wenn er sie entdeckt.
Da muß sie lachen. Sie können gar nicht früh genug entdeckt werden; wenn er sie findet: schon zu spät. Niemand mehr kann diesen Kirschwald roden: die Wurzeln klammern sich doch schon an seinen Kellersteinen fest; meine Liebste lacht und lacht. Wenn ihr Mann am nächsten Morgen aus dem Fenster sieht, wenn ihr erboster Mann diese wilden Kirschbäume ausrotten und ausreißen will, bricht ihm sein ordentliches Haus ein: der wirds bald bleiben lassen. Er muß das Gelächter meiner Liebsten hören; er muß hilflos zusehn, wie diese Bäume schon Blüten über seinen saubern Garten streun; wie diesen Bäumen auch schon Kirschen wachsen, die locken doch jetzt alle Tiere an.
Er hat sich solche Müh gegeben, und jetzt lockt ihm seine gehorsame, seine über Nacht ungehorsam gewordene Frau alles Gras in Garten. Wie ihm das übern Kopf wächst. Wie seine übermütig gewordene Frau die zurückgekehrten Wiesel zählt; wie ihm auf diesen Kirschbäumen tags die Amseln und die Raben sitzen und nachts meine geflügelte Liebste und ich; und die Wölf hört er auch erstmals in seinem Leben und fürchtet sich.
Er hat jetzt Angst; so kennt er meine Liebste nicht. Noch nie hat er sie lachen hörn; er hält sich jetzt die Ohren zu und läßt seinen ordentlichen Garten verkrauten und verwildern. Er zieht sich in sein Haus zurück. Da schließt er alle Fenster und die Augen

zu und braucht dann nicht zu sehn, wie seine immerzu traurige Frau, diese Kirschenesserin, diese über Nacht ganz fröhlich Gewordne jetzt in seinem Garten sitzt, nur sitzt und nichts tut.
Er könnts nicht aushalten, sie so zu sehn. Was hat er da geheiratet, er kann ihr nicht mehr in die Augen sehn, aber er brauchts ja nicht. Heut muß er nicht tadelnd die Brauen hochziehn. Heut muß er sie nicht zur Arbeit mahnen; heut sitzt sie ihm nicht starr und stumm und tränenlos im Weg. Heut hat er seine Augen zu und sieht sie nicht küssen und faulenzen.
Er kann jetzt nichts sagen, weil er sich die Decke übern Kopf gezogen hat vor lauter Angst und Ratlosigkeit. Er wird überhaupt nichts mehr sagen zu dieser laut singenden Frau, die mich ins Haus geholt hat und ihn mit ihrem ungeübten Gelächter ins Bett scheucht.
Er liegt in seinem Bett, ists Trauern nicht gewohnt: das hat ihm doch bis jetzt die Frau ganz abgenommen. Das Trauern nicht gewohnt, das Angsthaben auch nicht. Das muß er jetzt in einer Nacht lernen, alles aufs Mal, während seine immerzu traurige Frau ganz über Nacht eine Andre geworden ist. Sie ist jetzt eine, die küssend und fröhlich in seinem wuchernden Garten sitzt, nur im Gras sitzt und vor sich hin singt. Liegt nur mit mir im Gras und sieht zu, wie die Kirschen von den Amseln gegessen werden, die Amseln vom Wiesel und das Wiesel vom endlich heimgekehrten Wolf.
Die ist fröhlich geworden, deine schöne Frau, meine schöne Liebste; vergißt das Trauern, vergißt ihren ordentlichen Mann, ihren untreuen Geliebten, ach, das ist jetzt alles schon so lange her. Sie liegt im Gras; wenn ich dann komme und sie küsse, die Schöne, hat sie die Männer vergessen und küßt mich wieder.
Die andre Schwester tobt, die andre Schwester schreit; hat auch

nachts heimlich Kirschen gegessen, aber das waren Tollkirschen, Schwesterchen. Da vergißt sie ihre sanfte Stimme, ihr freundliches Lächeln; sie ist jetzt nicht mehr freundlich, oh nein. Sie schreit; endlich schreit sie und schneidet ihrem erschrocknen Mann ritsch ratsch die Ohren ab. Die brauchst du ja doch nie, du hörst mir ja doch gar nie zu, schreit sie und wirft ihm seine abgeschnittnen Ohren ins Gesicht.
Sie stürzt durchs Haus, sie wird jetzt endlich weggehn, was soll sie mitnehmen, nichts nimmt sie mit. Mit nichts in den Händen, im Nachthemd und barfuß rennt sie aus dem Haus, das sie jahrelang gehütet hat. Läßt die Kinder weinen, läßt den Mann aufschrein, jetzt kann sie sich nicht mehr kümmern, genug gekümmert jetzt.
Sie stürzt aus dem Haus und schreit, so laut sie kann; schüttelt alle Helfer von sich ab, beißt die Finger ab, die sie festhalten wollen, genug festgehalten jetzt. Sie rennt zu ihrer Schwester, die diese Nacht zum ersten Mal gelacht hat; sie schreit und rennt den ganzen Weg zu meiner Liebsten und mir.
Wenn sie ankommt, ihren hilferufenden Mann hinter sich, ihre verärgerten Retter hinter sich, komm Schwesterchen. Ich zieh sie rein und verriegle hinter ihr die Tür. Sie weint, sie weint, hier kannst du weinen, so lang du willst.
Hier darf sie weinen und toben; der Mann meiner Liebsten hält sich entsetzt die Ohren zu und läuft noch diese Nacht vor Angst weit weg: der stört uns nicht mehr, wein weiter.
Meine fröhlich gewordene Liebste liegt nackt im Garten und singt. Ihre rasend gewordene Schwester tobt im Kirschgarten und reißt sich das Nachthemd in winzige Fetzchen. Wie ein tobender und schreiender Blütenbaum steht sie im verwilderten Garten ihres vor Angst geflohnen Schwagers; ihre Füße bluten.

Ihre Füße bluten nicht, singt meine fröhliche Liebste; ja, du hast recht. Ihre Füße sind so rot von den zerstampften Kirschen; bald wird sie vor Erschöpfung ins Gras fallen und einschlafen. Die Igel werden kommen und ihr den Kirschsaft von den Füßen lecken; wir werden auch kommen, meine heiter gewordene Liebste und ich. Wir werden uns neben sie legen, unsre Arme um sie halten; die sprießenden Federn an ihrem Rücken betasten, fühlst dus auch, ja; uns zu küssen beginnen, die ganze Nacht nicht mehr mit Küssen aufhören und sie wiegen und wärmen zwischen uns.

Gesine Worm

Geschenkideen

An die Freundin

*Decke deine traurigen Tage, meine Freundin,
nicht mit den Zipfeln von
glücklicheren zu.
Vor mir hast du keine Pflicht
zum ständigen Glück, du.*

Ich habe ein schönes Lächeln. Es ist ein offenes Lächeln und ehrlich.
Es wird für wichtiger genommen als es ist.
Ich habe Geburtstag und packe die Geschenke aus. Ich werde einunddreißig. Zuerst wickle ich das knisternde Papier von Johannes' Geschenken ab. Er ist da und freut sich an meiner Spannung.
Die Päckchen meiner Mutter, meines Bruders, meiner Schwester. Die von Freunden und Kollegen. Eine rote Kerze brennt. Blumen duften in der Wärme.
Ich liebe Geburtstage, ihre Überraschungen, das Ritual. Es fehlt ein Geschenk von Lilo, meiner besten Freundin. Wieder. Ich bin erregt, falte das Papier zusammen, stopfe es in eine Schublade.
Vielleicht bringt es die Post morgen. Die Post ist auch nicht mehr, was sie mal war.
Ich sehe den kommenden Tagen mit Spannung entgegen, einer Spannung, die ich nicht mag. Keine behagliche Hitchcock-Spannung.
Sondern eine, von der ich fast weiß, daß sie in Enttäuschung verebben wird.

Eine Woche vergeht, die zweite. Ich habe es gewußt. Kein Päckchen, kein Geschenk von Lilo. Es kommt der erwartete Brief, zum Schluß ein Glückwunsch. Das ist alles.
Würde ich Johannes davon erzählen, er würde sagen: vergiß es, was soll's.
Aber ich erzähle ihm nichts, hypnotisiere ihn, nicht zu fragen.
Warum tue ich das?
Lilo versagt in eurer Freundschaft. Eure Freundschaft versagt.
Nein, das würde er nie sagen. Er würde sagen, vergiß es. Aber denken würde er es vielleicht. Und dächte er es nicht — ich würde es denken, als seinen vermeintlichen Gedanken, auch wenn ich es nicht glauben würde, nur fürchten.
Vergessen ist unmöglich. Außerdem: in vier Monaten hat Lilo Geburtstag. Und ich schicke ihr etwas, wie immer. Oder?
Was soll ich tun? Handeln, als sei nichts geschehen? Zweimal im Jahr ein Geschenk überlegen, es kaufen, hübsch einpacken, rechtzeitig abschicken? Zu Weihnachten und zum Geburtstag. Oder aufhören damit. Nur die Karte statt dessen. Ganz ohne Grund. Nur weil sie nichts mehr schickt. Du haust mich, ich hau dich. Sind wir im Sandkasten? Nein. Sie muß einen Grund haben. Man kann vergeßlich sein. Selbst Lilo mit ihrem guten Gedächtnis kann vergeßlich sein.
Daß ihr einfiel (sollte das der Grund sein), es zu meinem 30. Geburtstag zu sein, dem runden, tat allerdings weh. Falsch. Die Gratulation kam auch damals, ebenso die Weihnachtsgrüße darauf und die Glückwünsche in diesem Jahr.
Die Wünsche kamen, die Geschenke blieben weg. Blieben nach 20 Jahren weg, oder 19. Ich kann mich nicht erinnern, wann genau wir damit anfingen, Geschenke auszutauschen.
In der Zeit von 14 bis etwa 18 betrieben wir den Austausch mit

fast sportlicher Leidenschaft. Ostern, Nikolaus, selbst am importierten Valentinstag. Aber Weihnachten und zum Geburtstag immer.
Warum nicht mehr?
Ich könnte ihr schreiben, sie fragen.
Liebe Lilo, danke für Deine Glückwünsche. Warum bekam ich nichts geschenkt?
Tante, hast du mir nichts mitgebracht? Diese Frage wurde mir als Kind abgewöhnt.
Die Geschenke sind nicht wichtig, aber der Grund ist wichtig. Ich könnte sie fragen, aber man fragt so etwas nicht. Kann man unter Freundinnen nicht alles sagen, fragen? Hab' ich Angst vor der Antwort?
Antworten.
Sie schenkt mir nichts mehr,
　　weil man nicht allen Leuten was schenken kann.
Bin ich alle Leute?
　　weil sie keine Zeit hat, sich darüber Gedanken zu machen.
Bin ich ihr unwichtig geworden?
　　weil sie glaubt, ich hab schon alles?
　　weil sie das Geld lieber einem guten Zweck spendet?
　　weil sie findet, wir sind jetzt erwachsen?
　　weil ihr Mann nicht will, daß sie Geld rauswirft?
　　weil sie keine Zeit zum Einkaufen hat?
　　weil ich weg bin, aus den Augen, aus dem Sinn?
Eine Liste, eine Litanei.
Warum spricht sie es nicht aus. Wir haben uns soviel erzählt. Unausgesprochen darf es nicht zwischen uns bleiben. Jetzt kann ich sie nicht fragen.
Ein hastig hinterhergeschicktes Geschenk wäre unerträglich. Ihr

Geburtstag rückt näher. Ich suche mit Bedacht etwas aus, das sie interessieren wird, freuen. Nicht zu teuer.
Kein: jetzt extra.
Nun wollte ich schreiben, fragen.
Warum schickst Du mir nichts mehr?
Ich kann nicht. Mein letztes Geschenk würde zum Vorwurf. Ich frage nicht. Wir schreiben uns weiterhin. Meine unausgesprochene Frage wie eine Lüge zwischen den Zeilen. Weihnachten will ich das nicht wieder durchmachen. Ich schicke Lilo zum 6. 12. eine bunte Nikolauskarte. In einem Atemzug schreibe ich: fange in diesen Tagen an mit den Weihnachtseinkäufen. Was willst Du? Willst Du was?
Fühle mich besser danach, den ganzen Tag.
  Hallo Helmi, liebste Freundin,
  kurzheraus: ich möchte nichts. Es war feig von mir, es nicht zu sagen, zu hoffen, Du würdest so verstehen. Du hast in Deiner Begeisterung nie gemerkt: ich suche ungern und ohne Geschick Geschenke aus. Ich bekomme nicht gerne überraschende Geschenke, die einzigen, die nach Deiner Auffassung zählen. Es hat eine Weile gedauert, bis ich mein Unbehagen begriff. Bitte versteh.
  20 Jahre oder so geschah in dieser Hinsicht, was nur Dir richtig Freude machte: Geschenke geben und empfangen. Nun vielleicht eine Zeit, in der wir es andersrum tun?
  Liebe Grüße, Deine Lilo.
Ich wache auf, schweißgebadet, mit Herzklopfen wie nach einem Alptraum. Starre in die Dunkelheit.
Diesen Brief habe ich nicht bekommen und werde ihn nicht bekommen. Wie mir sowas nur einfällt?
Ich döse wieder ein.

Beim Frühstück fühle ich mich trüb. Mit wieviel Sorgfalt sich Johannes die Orangenmarmelade auf seinen gebutterten Toast streicht!
»Ob wir einen Baum kaufen sollen, Weihnachten?« frage ich.
»Natürlich kaufen wir einen Baum«, sagt er. »Welch eine Frage. Weihnachten wäre nicht Weihnachten für dich, ohne Baum und Lichter, Geschenke.«
»Für dich?«
»Mh?« Er beißt in den Toast. »Och, ich könnte vermutlich ohne auskommen. Du weißt, das alles bedeutet mir nicht so viel ... Aber besser wieder eine Edeltanne, was? Die andere nadelte so.«
»Bedeutet dir nicht so viel?«
Den Toast wedelnd, nach der Zeitung greifend: »Nun ja, du weißt.«
Weiß ich? Mit Panik: weiß ich?
Ich sehe ihn mir gründlich an, wie er da so frühstückt und Zeitung liest. Und habe meine Zweifel. Ein unangenehmes Gefühl. Er sieht kurz auf, zwinkert mir zu, vertieft sich in den Leitartikel.
Warum traut er mir?
Gegen meine Gewohnheit nehme ich mir noch ein Brötchen. Meine Mutter fällt mir ein, wie sie gestern anrief, um unseren gemeinsamen Besuch im Schwimmbad abzusagen.
»Aber Mutter, wie schade! Es tut dir immer so gut.«
»Ja, ich weiß«, hatte sie gesagt, »aber leider kann ich heute nicht. Habe Erni versprochen ,.. Tut mir leid, Schatz.«
Tat es ihr leid, den wöchentlichen Schwimmbadbesuch abzusagen, den ich eigens um ihrer Gesundheit willen organisiert habe? Sie würde mir doch sagen, wenn es ihr lästig wäre, sie es ungern täte? Sie es nur meinetwegen machte?

Blödsinniger Gedanke. Und doch —.
Ein drittes Brötchen muß ran.
Es ist wohl nur der Traum, der mir nachhängt.
In ein paar Tagen werde ich Antwort haben von Lilo und Bescheid wissen. Eine harmlose Erklärung, sicher. Jetzt tief durchatmen und nicht mehr dran denken.
Ich greife nach einem Teil der Zeitung und tue mein Bestes, mich in einen Kommentar zum letzten Gipfeltreffen zu vertiefen. Als Kind habe ich gedacht, sie träfen sich auf einem Berg.
Das Telefon klingelt. Johannes nimmt ab.
»Für dich«, sagt er. »Lilo ist dran.«
Ich springe auf.
»Sag, ich bin nicht da! Ich bin auf dem Klo, oder unter der Dusche!«
Johannes starrt mich an.
»Was ist denn mit *dir* los?«
»Was soll mit mir los sein?« frage ich.
»Sie kommt gleich«, sagt er in die Muschel und hält mir den Hörer hin.

Guy St. Louis

Ich bin immer Fritz, wenn ich zu Erna gehe —
Ein ganz kleiner Einblick in eine große Freundschaft

Von Guy St. Louis erschien 1983
Gedichte einer schönen Frau
im Verlag Gudula Lorez, Berlin

Schon wieder, Punkt fünfuhrdreißig, der Wecker. Frühdienst, mehr als verschlafen schleiche ich ins Bad. Die Vaseline geht nicht ab und wach werde ich auch nicht, also gehe ich baden, Musik wäre gut, Zeit habe ich keine mehr.
Ich küsse schnell diesen schönen warmen und verschlafenen Körper. In Eile werden die Katzen gestreichelt, in Eile ziehe ich mich an, eilig haste ich zur U-Bahn, sie kommt pünktlich, ich komme also auch pünktlich.
Meine Schwesterntracht, was für eine Uniform, Mädchen in Uniform, ich in Schwesterntracht. Acht Stunden, alles Tarnung — perfekt. Dienstübergabe. Kaffee. Zigarette, Diensteinteilung und los.
Patienten waschen als erstes. Ich gehe zu Erna, streichle ihre Wangen, sage »Morgen Erna, waschen.« Sie hält meine Hand fest, sagt »Fritz, mein Fritz, schön daß du kommst, wo warst du die ganze Nacht, warste wohl wieder mit der da von nebenan unterwegs.«
Ich bin immer Fritz, wenn ich zu Erna gehe.
Jetzt bin ich schon seit einem Jahr auf dieser Station. Eigentlich wurde ich als Schwester eingestellt, aber bei Erna bin ich Fritz.
Fritz, ihr Geliebter, Fritz, der sie im Stich ließ, Fritz, der mit ihr Boot fuhr, Fritz, der mit ihr Brot backte, Fritz, der sie, mehr als ein Jahr Tage hat, betrog, Fritz!
Erna ist 84 Jahre, manchmal ist sie dann 24 Jahre oder auch 45, je nach Stimmung, eigentlich ist sie 84 Jahre, so sieht sie auch aus, abgearbeitet, verbraucht und am Ende. Da war der Vater, der sie schlug, der Bruder, der sie quälte, die schwere Arbeit, der Krieg, ihre Fehlgeburten, ihre Angst, und vor allem war da Fritz. Und ich.
Ich wasche ihren alten, doch sehr festen Körper mit viel Seife,

schaumig, besonders gerne hat sie es am Rücken und zwischen den Beinen. Dann sieht sie mich verschmitzt an, sagt »Fritze sei vorsichtig, ich bin doch so eng gebaut.« So redet sie immer, wenn ich sie wasche.
»Erna, ich wasche dich doch nur und überhaupt, was du immer redest.« Doch für Erna ist das anders, wenn ihre Augen lustig blitzen, sie mich sehr charmant anlächelt, dann ist sie in ihrer Welt und alles ist in Ordnung.
»Fritze, wie du das wieder machst, wunderbar«, sie streichelt mir über die Unterarme, erzählt Geschichten, fragt mich, ob ich schon Brot gebacken habe.
Ich muß mich beeilen, Erna nimmt mich immer so lange in Beschlag. Sie spürt meine Unruhe, fängt an zu meckern, ist verärgert und flucht, wie so oft, wir zanken. Es reicht mir, ich bin zwar gerade Fritz, aber das geht zu weit, wollte sie mich doch kneifen. Wütend klappert sie mit ihrem Gebiß, es sitzt nicht mehr gut. Immer wenn sie etwas sagen will und den Mund öffnet, klappt ihre obere Gebißhälfte auf die untere.
Ich bin inzwischen auch auf hundertachtzig, hätte auch beinahe vergessen, daß ich eben nicht Fritz bin. Ich arbeite auf einer Chroniker-Station.
Ich gehe aus dem Zimmer und lasse Erna sitzen, sie hat jetzt vor Wut ihr Gebiß aus dem Mund genommen und es ins Zimmer geschmissen. »Fritz«, jammert sie, »Fritze, meine Zähne«, aber Fritz hört nicht mehr. Meine Kollegin lacht, sagt: »Na Fritz, gehen wir eine rauchen?« Wir gehen.
Erna ist anstrengend wie eine Beziehung. Ich und Erna haben die sogenannte Fritz-Beziehung mit allen Hochs und Tiefs.
Erna sitzt im Bett und beobachtet alles, was sich an ihrem Zimmer vorbeibewegt. Sie sieht nicht mehr gut, weiß aber genau,

wann ich im Zimmer bin. Sie hört nicht mehr gut, versteht jedoch jedes Wort, das ich spreche.
»Fritz, bitte komm doch mal her!« Stirnrunzelnd gehe ich zu ihr. »Was ist schon wieder?« »Ach Fritz, ich blute so stark, ich habe doch gestern erst entbunden.« Geht das schon wieder los! »Aber Fritz, hör doch, ich habe solche starken Nachblutungen, sieh doch mal nach!«
Es ist immer das gleiche, Erna ist voll. Charmant lächelt sie mich an. »Nicht wahr, Fritz, ich kann doch nichts dafür. Siehste Fritz, alles *blutig*.« »Ja Erna, alles, aber auch alles *blutig*.«
Es braucht eine ganze Weile, bis ich Erna von ihren Stoffwechselprodukten befreit habe. Erna ist glücklich, hat sie mich doch acht Stunden um sich herum, und außerdem ist Fritz ja bei ihr, denn Fritz würde alles für Erna tun, sie sogar vor dem Verbluten retten.
»Ach Fritz, wir sind doch Freunde!« »Ja Erna, Freunde sind wir!« »Und wir gehen durch dick und dünn, nicht wahr, Fritz?«

Christiane Binder-Gasper

Die schwarze Zeit aus Ziegenhaar

Von Christiane Binder-Gasper erschienen
1980 der Gedichtband *Rot und Tauben*
Edition Neue Wege, Berlin
1983 der Gedichtband *Eine Hoffnung, ganz ohne Fahnen*
AGA Literaturedition, Berlin
1984 der Erzählband *Alexanders Freund*
Eremitenpresse, Düsseldorf

Mein Haar wächst nicht mehr. Bleibt kurz. Die Zeit ist um. Die See ist eisgrau. Die Wellen schlagen mir über die Schultern. Wäre auch nur ein einziges Haar dort, so wäre ich gerettet und sommernah.
Ich entferne mich von mir. Ich gehe. Ich will wegbleiben. Es gelingt nicht. Ich bleibe in den Entfernungen festgewachsen. Hin- und hergehen. Die Hände auf dem Rücken halten oder die linke Hand am Körper entlang fallend, locker und müde fallend, eine lose Hand in einer ziellosen Bewegung. Die rechte Hand am Hals. Die Ader spürbar. Klopfzeichen.
Ich suche Olivia.
Sie ist stark. Sie hat hüftlanges Haar, glatt und schwarz, schwarz und glatt.
Ich weiß, daß es Olivia gibt. Ich muß sie finden.
Sie weiß nicht, daß ich sie suche. Ich habe gerade ihre Telefonnummer gewählt. Das Telefon hat geläutet. Sie hat den Hörer nicht abgenommen. Nur dieses Freizeichen in meinem Ohr. Niemand beendet das Zeichen. Ich muß es beenden. Ich lege den Hörer auf. Wenn ich ins Land hineintelefoniere, wird das Freizeichen unterbrochen, zehnmal läutet es und dann läutet es noch immer, aber es ist ein anderes Läuten, je weiter ich in die Freiheit laufe, desto mehr Geläute und Läuten und niemand in der Nähe, der es beendet. In der Freiheit nur die eigene Hand, die zum Töten ansetzt, nur diese eigene Hand, die rechte, die linke, die einzige Hand.
Ich suche Olivia.
Ich bewege mich sicher.
Am sichersten auf den großen Plätzen der Stadt.
Ich schreite.
Niemand sieht die Tonkrüge auf meiner Schulter.

Niemand die Scherben in meinem Gesicht.
Ich bin schön. Nicht alt nicht jung. Schön.
Mein kurzes Haar ist rot. Warmes Rot. Steinrot. Sandrot. Atemrot. Ich bin mager. Kleinzähmagerkurzhaarigrot.
Ich werfe den Kopf zurück, Mit dem Kopf fliegt mein Haar.
Es ist das gleiche Gefühl. Damals. Das rote Haar schulterlang.
In einem Zopf zusammengebunden. Fast immer nur einen dicken schwer roten Haarzopf.
Einen dicken schweren roten Haarzopf von der Schulter geholt über die rechte Brust gelegt, losgelassen, dann den Kopf bewegt und den Zopf auf die Schulter zurückgebracht mit der Bewegung, wieder den Zopf mit der rechten Hand nach vorne gezogen, manchmal lange an dem Zopfende das Haar zu Locken gedreht, den Kopf bewegt, das Haar auf der Schulter getragen.

Olivia liebte wie ich die großen Plätze in der Stadt.
Frei sind wir gewesen und mitten im Wind gegangen.
Die Freude getragen, schulternah, den Zeigefinger auf die Lippen gelegt, psst, verrat' es nicht.

Am Meer waren wir zurückgeblieben. Allein. Die dicken Frauen mit den dicken Kindern, die rothäutigen Männer und die samthäutigen Knaben waren gegangen. Die Stille dröhnte. Bis der Regen kam. Über Nacht. Der Sand glättete sich. Die Sandburgen, die Sandlöcher bekamen eine neue Haut. Wir konnten wieder barfuß laufen. Wir blieben über Nacht in den Dünen. Dicht beieinander und du zitiertest *Beatrices Tod*.
Ich bekam Schüttelfrost. Es war nicht die Kälte gegen vier Uhr morgens, es war deine Nähe, die noch näher kam, schweigend, du hattest Übung im Schweigen. Bis zum gemeinsamen Schrei.

Dann ging die Sonne auf. Wir frühstückten im Hotel, bezahlten das Zimmer, das wir nicht benutzt hatten und blieben noch zwei Tage und drei Nächte in den Dünen.
Die Fischer grüßten uns jetzt. Einer gab uns die letzte Sonnenblume aus seinem Garten. Du wolltest sie mir schenken, ich schenkte sie dir, dann ließen wir sie ins Meer fallen und sahen ihr zu, wie sie davontrieb. Das tröstliche Gelb mit dem glänzend schwarzen Kern in der Mitte.
Die Trauer begann. Abschiednehmen.
Du hast Jojo geheiratet. Diesen Jojo, der nie in deinen Träumen war. Ich liebte. Tag und Nacht hielt er mich gefangen.
Ich habe mich freigelassen. Seit dein Brief kam, diese Unruhe. Erst jetzt der Aufbruch. Ob es zu spät ist. Ich bin voller Hoffnung.
Die See ist eisgrau. Es ist spät im Jahr. Der Sommer vorbei. Die Dünen haben ihre unversehrte Haut. In die Freiheit laufen ist Trauer, ist Schmerz. Die Steine fliegen vorbei. Der Wind trifft mich. Ich weiß nicht, warum Tauben Friedenstauben sind. Diese Tauben hier sind böse und satt. Bösartige Sattheit, die weiterfrißt, auffrißt, frißt.

Olivia ist gekommen. Sie trägt einen Hut. Warum trägt sie einen Hut, sie konnte doch Hüte nie leiden. Ich nehme ihr den Hut ab. Lege ihn beiseite. Das Haar noch immer schwarz und glatt. Glattes schwarzes Haar, zusammengedreht in einen lockeren Knoten, vielleicht noch schulterlang, vielleicht. Olivia bringt mir eine Taube. Ich schaue sie an. Sie legt die Taube auf den Tisch und sagt, statt Blumen. Ich sage, Olivia, warum trägst du einen Hut. Olivia sagt, die Taube ist die beste Taube die reinste Taube die teuerste Taube aus der Züchtung der Gräfin O. Ich sage, Olivia,

ich mag Tauben nicht und diese Taube ist zudem noch weiß. Hast du erwartet, daß ich dir Rosen bringe, sagt Olivia und lächelt, ich kenne dieses Lächeln nicht, ja, sage ich, Rosen oder, was oder, sagt Olivia, Sonnenblumen, sage ich. Sonnenblumen, fragt sie, erinnerst du dich nicht, nein, sagt sie.
Olivia hat eine braune Haut. Ein schönes Braun. Sanft und warm. Sie sitzt mir gegenüber am Tisch und nimmt die Taube in ihre schönen schmalen braunen Hände. Die Taube duckt sich, fühlt sich dann wohl in ihrer Hand. Olivia legt ihre rechte Hand um den Hals der Taube. Ich schaue zu. Sie dreht die Hand fest um den Hals der Taube. Ich schaue zu und sage nichts. Die Taube gibt kein Geräusch von sich. Die Taube wird erwürgt. Ich schaue zu. Sie muß doch einen Schrei von sich geben. Einen Hilferuf.
Ich muß doch einen Schrei von mir geben. Ich schaue auf Olivias Hände. Streichelhände. Der Kopf der Taube ist zur Seite gefallen. Eine dünne Blutspur aus dem Schnabel. Olivia hebt ihren Kopf und blickt mich an, was ist denn schon Großes passiert, sagt sie, wie konnte mir so etwas passieren, sagt sie, du bist schuld, sagt sie, nein so etwas, wo doch das Weiß so rein war, ich habe die beste Taube genommen für dich, aber wie immer, wie früher schon, wie damals, du schaust zu, bleibst still und schweigst. Nein, Olivia, ich war früher nicht so, du bist damals schweigend neben mir gegangen, ich, rief Olivia, ich, die ich immer so viel zu reden habe, immer die richtigen Worte, immer alles zu sagen weiß, auch das Unsagbare, ich soll einmal schweigend gewesen sein, eine Schweigende, ja, sage ich, du, Olivia.
Die Taube liegt noch immer in ihrer Hand. Tot.
Vielleicht hast du recht, sagt sie. In zwei Tagen fahre ich nach St. Tropez. Komm doch mit, sagt sie und beginnt die Federn der

Taube zu rupfen. Mit beiden Händen. Die Taube verliert ihre Federn widerwillig. Olivia hat starke Hände. Schön braun. Die Federn fallen. Sie schaut mich an, sagt, es bedarf keiner Anstrengung, da der Körper noch warm ist, so warm, sagt Olivia. Ihr Haar ist glatt und schwarz. Sie hat den Hut auf den Tisch gelegt. Ihre Fingernägel sind schwarzrot lackiert. Ovale rotflackernde Flügel. Auf und ab. Die Taube hat nur noch einen leichten Federflaum. Mach' die Pfanne heiß, ruft Olivia. Die Pfanne, rufe ich, ja sagt sie, du wirst doch eine Pfanne haben, am besten aus Kunststoff, da brauchen wir kein Fett, schließlich muß ich auf meine Linie achten. Ich bücke mich, nehme die Pfanne und setzte sie auf den Gasherd. Olivia steht auf, decke den Tisch, sagt sie. Die Pfanne ist heiß, die Taube riecht, ich decke den Tisch, wir sitzen uns gegenüber.
Statt Blumen.
Ihr Haar glänzt, sie ist schön. Wie sehe ich aus, fragt sie, bin ich älter geworden, ich weiß es nicht, Olivia, antworte ich, das ist typisch für dich, niemals eine klare Antwort, das ist typisch, weißt du eigentlich, daß du die einzige Freundin bist, die ich jemals hatte. Ich mag Frauen nicht. Es gibt keine Frauenfreundschaften, sagt sie.
Wie sehe ich aus, antworte.
Du bist fremd, Olivia, schön und fremd. Olivia zuckt die Schultern, was hätte ich machen sollen, sie verzieht ihren Mund, du kennst Jojo nicht, du hast es gut, du hast einen Beruf, der dich ausfüllt, stehst auf eigenen Füßen, aber ich. Du kennst Jojo nicht. Berühmter Architekt. Der Star. Sommerwohnung, Winterwohnung, Landhaus, Stadthaus, Formentera, Sylt, Hamburg, du kennst Jojo nicht. Olivia zerrt an der Taube, nagt die feinen Knochen ab, weißweiße Zähne, nur eine winzige Falte am

Mundwinkel. Braune Sommerhaut. Samt und Seide. Was machst du, frage ich, sie schaut hoch, ich meine, außer Jojo. Sie lacht. Ich kann machen was ich will. Was willst du, Olivia. Ich weiß es nicht, antwortet sie.
Auf dem Teller liegen die Überreste der Taube. Knochensplitter. Weiß. Ein Kunstwerk aus weißen Spänen. Olivia weint. Ihre Haut bleibt sanft und braun. Die Wimperntusche bleibt schwarz, keine Spuren. Olivia ist schön. Ich weine. Kindheit. Es gibt Frauenfreundschaft. Wir müssen nur wollen, sage ich, Liebe darf uns schwach machen, aber Gewohnheiten doch nicht, deine Jojo-Gewohnheit.
Olivia legt die Hände auf den Tisch. Ich strecke meine Arme aus. Die See ist eisgrau. Ihr Haarknoten hat sich gelöst. Ihr Haar ist schwarz und glatt und schulterlang.

Ingun Spiecker-Verscharen

Die Schneekönigin

Von Ingun Spiecker-Verscharen erschien 1982
Kindheit und Tod
im Verlag Haag & Herchen, Frankfurt/M

Eine Tages lud sie mich in ihren Eispalast, und ich freute mich wie ein Kind. Doch das Lächeln gefror mir auf den Lippen, als mir Ihre durchlauchte Frostigkeit leibhaftig klirrend entgegentrat. Mich traf ein unterkühlter Blick aus polarmeergrünen Augen, und ihr Mund glich einer Gletscherspalte, mit der sie unentwegt einen eisigen Hauch absonderte. Aus jeder Pore ihrer verharschten, bleichen Haut entwich permanent atmosphärisches Frösteln, so daß sie lückenlos von einer Kälteaura umgeben war, die ihre kristallisierte Existenz erst ermöglichte. Kein einziges glühendes Wort, das sich nicht hoffnungslos in ihrem verhängnisvollen Ohrlabyrinth verirren würde, kein noch so feurig-flammender Gefühlsausdruck, dem es gelänge, das optische Defensiv-Dickicht zu durchdringen und sich unverfälscht auf den Eiszapfen ihrer Netzhaut niederzuschlagen. Eine filterlos registrierte emotionale Regung wäre nämlich imstande gewesen, dieses durchdachte Kühlsystem für immer lahmzulegen.
Ohne leise Zwischentöne, gewissermaßen lautlos, wandelten wir durch die riesigen Hallen des Vorhänge-Schlosses — jeder Raum eine Manifestation ihrer unmöblierten Seele —, während künstlicher Schnee wohltuend wahrnehmungstrübend auf uns herabrieselte. Wäre ich nicht inzwischen schneeblind geworden, so hätte mir spätestens jetzt einleuchten müssen, daß es ein aussichtsloses Unterfangen war, ihre Kondensatoren nachhaltig konvertieren zu wollen. Luftspiegelungen reflektierten spottend mein eigenes schmerzverzerrtes Gesicht, und ich bemerkte erschauernd, daß mein Körper bereits mit Rauhreif bedeckt war. Doch sie war eher rauh als reif, meine Sensoren scheuerten sich wund an ihrer scharfkantigen Oberflächlichkeit.
Sie setzte mich unablässig einer quasi-religiösen Sinnentleerung aus, deren Fadenscheinigkeit zu abstrakt und monologisch wirk-

te, als daß ich ihr anders als mit eisigem Schweigen hätte begegnen können, wohl wissend, daß ihre Kühlmittel mir nicht anstanden. Ihre Weißheit schien gleichsam unangreifbar, auch waren die mitgebrachten Farben in meinem Köfferchen längst erloschen; die bunte Blütenpracht, welche ich ihr hatte schenken wollen, war zum Eisblumenstrauß erstarrt.

Als ich abends todmüde in die frischgemachte Tiefkühltruhe sank und mich in die bereitgelegte Eisdecke wickelte, waren meine Empfindungen endgültig zu einem undefinierbaren Erinnerungsfragment verklumpt, unauflösbar gefriergetrocknet. Schläfrig drehte ich am Regulierungsschalter. Angenehme Kälte breitete sich aus. Bei minus achtzig Grad Celsius war ein inneres Gleichgewicht hergestellt. Tiefe arktische Harmonie erfüllte mich bis in die letzte zerplatzende Zelle.

Die hehren Ideale von Freundschaft und Vertrauen lehnten unausgepackt an einer Wand des Zimmers, wurden allmählich von einer Eisschicht überwuchert und verloren sich schließlich vollkommen in der glitzernden Schneearchitektur.

Draußen vor den schneeverhangenen Fenstern gleißte die Mitternachtssonne in violetten und purpurnen Lichtkreisen auf den bizarren Konturen des Packeises. Tosend und krachend stürzten die Wogen des stürmischen Polarmeeres gegeneinander.

Renate Reismann

Irmgard

Unteilbare Zeit

Irmgard

Irmgard zum Beispiel. Das Mädchen mit den schwarzen Zöpfen aus der Parallelklasse. Als sie aus ihrem Teenageralter herausgewachsen war, sich umsah, in allerlei Richtungen. Als sie den Mann fand, Vater ihrer Töchter ...
Es gibt nämlich immer noch Paare. Sie sind nicht auszurotten, sie bilden sich unaufhörlich, und immer, irgendwann, fangen sie an, Kinder zu machen. Niemand weiß genau, warum. Also, Irmgard, das Mädchen aus der Parallelklasse. Meine Freundin. Meine hübsche Freundin. Die schwarzen Zöpfe, an denen ich ständig verliebt herumfrisierte: ich beschaute ihr Gesicht, aufmerksam, eine Linie findend, einen Ausdruck. Das Haar streng zurechtgesteckt, in königlichem Geflecht, oder ganz kurz? Fast hätte ich es einmal abgeschnitten, aber das ließ Irmgard nicht zu.
Weit genug, nicht zu weit. Das sind (immer noch) weibliche Berufsziele. Irmgard: technische Zeichnerin. Weggezogen von zu Hause, in einer kleinen Einzimmerwohnung voll Geschmack, so daß ich jedesmal neidisch in meine Höhle zurückkehrte. Sie klagte über Einsamkeit. Das konnte ich nicht verstehen, sie war doch umschwärmt (von mir). Und Irmgard zog aus ihrer kleinen Wohnung aus. »Mit Leuten zusammen.« In eine andere Stadt, schließlich verließ sie das Land. Ich blieb zurück, kleine Schritte, eigene Schritte. Die Entfernung war groß genug, eine Ungleichzeitigkeit ereilte unsere Freundschaft und schließlich verloren wir uns ... aus den Augen.
Als sie beerdigt wurde, war ich natürlich nicht die einzige aus der Schule. Die Gesichter hatten sich verändert, nichts mehr war wie früher. Untereinander reichte der Gesprächsstoff kaum fünf

Minuten. Ich konzentrierte mich auf Irmgard, wie mir das möglich war, und ihre Angehörigen. Die Mutter, sie hatte sich kaum verändert. Irmgards Mann: ihn schaute ich aufmerksam an. Ein unbeholfener, ungeschickter Mann mit schwarzen Haaren. Jetzt sah er grau und krank aus, aber sie waren bestimmt ein schönes Paar. Die Töchter standen erstarrt. Wie alle waren steif und unbeholfen. Der Sarg. Hinterher unterhielt ich mich mit dem Mann. Er hielt mich einen Augenblick zurück, als er meinen Namen erfuhr, und bat mich, zu seinem Wagen zu kommen.
Ich war nur halb erstaunt, als mir der Mann die Hefte übergab. Fast ein Jahrzehnt hatten wir nichts voneinander gehört, und nun auf einmal eine Art von Begegnung. Diese erste, unbewußte, egoistische Freundschaft. Immer hatte ich gehofft, daß sie zu dieser Art des Zurückblickens finden würde: auf einen gemeinsamen, etwas merkwürdigen Schatz.
Die Hefte, es waren mehr als zehn, teilweise leer, teilweise dicht beschrieben. Zeitspannen rafften sich zusammen, Jahre lagen zwischen zwei Eintragungen. Andere dehnten sich aus, Zeitlupe — im wahren Sinne, Eintragungen der winzigsten Regungen und Momente. Ich kannte in den meisten Fällen die Zusammenhänge nicht. Beim ersten Lesen blieb für mich Irmgards Leben körperlos. Meine Vorstellung fand keine Anhaltspunkte. Zum Schluß kamen die dichteren, aussagekräftigeren Seiten.
Ihr Mann stand im Mittelpunkt ihrer Fragen. Andere Personen nahmen Platz ein, aber sie kehrten nicht wieder, nahmen keine Form an. Sie maß sich an vielen, aber ihr Maß war er. Das schloß ich aus einer ihrer Eintragungen, als sie schon wußte, wie es mit ihrer Krankheit stand:
»Ich wußte schon immer, daß uns eine ganz bestimmte Zeit gegeben ist. Und daß meine kurz sein würde. Ich bin nicht über-

rascht. Meine Energie hat kaum ausgereicht. Mein Körper kann nicht mehr. Der Rest folgt mit entsprechender Müdigkeit. Was ich zurücklasse, ist nicht ... schlimm. Ich kann mich auf sie verlassen. Ich kann mich auf ihn verlassen. Die Mädchen sind soweit, sie haben das Notwendigste bekommen. Sie hätten mich noch brauchen können. Jetzt müssen sie vom Vorrat zehren lernen.
Sorgen macht mir M. Er hat sich an mich gehängt auf eine Art, die es ihm schwer machen wird, sich alleine weiterzuhelfen. Wer wird ihm die nötigen Anstöße geben? Wer wird die Energie aufbringen, mit ihm zu streiten? Ich fürchte, daß er sich jetzt gehen läßt, zu einer bequemen, leichten Beziehung.
Was für Hebammenarbeit liegt da hinter mir. Welcher Kampf. Einzeln die Worte herausgeholt, mit der Zange. Seine Identität gesucht, mit ihm, für ihn. Ihn seiner Sprache bewußt gemacht. Er dachte, Sprachen sind für Gebrauchsanweisungen erfunden worden. Anleitungen, Auszuführendes. Aufmerksam zu lesen, zu hören, Inhalt gleichzusetzen mit räumlicher Orientierung. Sprache als reine Transkription, als Übersetzung.
Zehn Jahre, bis er das erste Wort als Manifestation begriff. Als seinen Ausdruck, als eine sinnvolle Zufälligkeit. Hinweis einer versteckten, unerforschten, inneren Welt.
Mundfaulheit. Bis er ein gelehriger Schüler wurde und sich langsam die Verbindungen durchgruben, bis zu dem großen Reservoir, von dem ich immer wußte. Ein solcher Schatz. Und ich werde ihn nie kennenlernen.«

Nach dieser Eintragung folgten nur noch zwei. Danach war das Schreiben nicht mehr möglich gewesen. Die Unterhaltungen nahmen ab. Der Körper wurde schwächer, ihre Abwesenheiten häuften sich. Medikamente. Das Leben ging zu Ende. Ihr Mann blieb an ihrer Seite.

Irmgards Mutter lud mich ein. Ich fühlte mich unwohl bei ihr. Ich wußte nicht, was sie von mir erwartete, und wußte auch nicht, was ich hätte geben können. Nie war mir schmerzlicher bewußt geworden, wie arm ich sein konnte, wie wenig meine Gegenwart nützlich war. Es verband uns schließlich eine gemeinsame Sehnsucht, die sich aus unserer jeweiligen Geschichte nährte. Sie erzählte, wie glücklich Irmgard in der Ehe gewesen, welche Harmonie die ganze Familie ausgestrahlt, wo auch immer.

Ich las die Hefte mehrmals durch. Das ungute Gefühl war schon da. Je tiefer ich in Irmgards Geschichte eindrang, umso deutlicher stand mir vor Augen, welche Leere sie in all den Jahren mit sich herumgetragen hatte.

Als sie ihren Mann noch nicht kannte, war ihr Tagebuch voller Notizen, rasch hingekritzelt. Rasche Verliebtheiten folgten aufeinander. Sie hatte immer irgendeine Männergeschichte am Hals, oft mehrere, und was sie mit dem einen litt, ließ sie den andern leiden.

Ihre große Stärke, die sich in Härte und Brutalität äußern konnte, las sich an ihrer Geschichte mit O., den sie halb an sich zog, halb wegstieß und schließlich zu einer monatelangen Haßliebe an sich band. Sie war damals erschrocken über sich selbst, über ihren Drang zum Spiel. Sie faßte Vorsätze, die sie nicht ausführte. Er mußte leiden, und sie wußte warum. »Das Pendel schlägt aus«, schrieb sie, »und ich fürchte, es geht bald wieder in eine andere Richtung.«

Damit hatte sie recht. Aber sie hatte Geistesgegenwart genug, sich mitten aus dieser nächsten, komplementären Geschichte her-

auszureißen, bis sie schließlich in eine Einsamkeit hineinwuchs, mit der sie umzugehen lernte.
Als sie dann ihren Mann kennenlernte, war das Wunder geschehen.
Er war unglücklich, wie alle Wassermänner. Seine Unempfindsamkeit suchte den hypersensiblen Gegenspieler. Die Stromstärke, die er brauchte, gab es nicht überall. Und als er, hoffnungslos und in sich verschlossen, ihren Blick erhaschte, war er schon bereit: sich einen Tag lang, eine Nacht, wer weiß wie lange, von ihr in Schwingungen versetzen zu lassen.
Sie beschrieb die Begegnung, wie sie stattgefunden hatte, am Tag danach. Auf dem Marktplatz, er sprang herab von seinem Piedestal (immer füßeschlendernd oben: auf Tischen, Geländern, Mauern). Kann ich mal in die Zeitung..., und schon saßen sie auf der Bank, dann im nächsten Café, den Nachmittag, den Abend.
Das war der Anfang. Sie verließen sich nicht mehr, kein räumlicher Abstand konnte sie auseinanderbringen. Briefe, Telegramme, Telefonanrufe. Die erste gemeinsame Wohnung. Die zweite. Die letzte.
Beide beschämt am Anfang über ihre dreiste Paarsüchtigkeit. Ihr Hunger war groß. Jahre hinweg genossen sie die eine lange Mahlzeit. Doch schon in dieser Zeit überkam Irmgard manchmal die Langeweile, weil sie nicht immer... essen konnte. In solchen Augenblicken sagte sie, es reicht nicht. (Der Mensch lebt nicht vom Brot allein). Die Kinder kamen schnell, das Band verstärkte sich. Sie kümmerte sich nicht weiter um ihre Zustände, was vorher drohte zur Langeweile zu werden, war jetzt angefüllt bis an den Rand: die Zeit.

Ich hatte schließlich den Über- und Rückblick. Sie wußte nicht, was geschah. Sie kannte die Gesetze nicht, — ihre eigenen, sie verstand nur die Ansätze. Es begann mit sinnlosen Anklagebriefen, an ihren Mann gerichtet. Sie wartete auf Antwort. Je dringlicher sie auf Stellungnahmen wartete, umso stiller wurde er. Soweit aus ihren Eintragungen herauszulesen war, muß er über Monate und Jahre die Technik der Überarbeitung im Büro vorgeschoben (und vorgezogen) haben.
Was sie nicht sah, und auch nicht einsehen wollte: ihm fehlte nichts. Er hatte sie immer noch, als Schauspiel. Ihr Zuviel an Erregung konnte er — abschneiden. Ihr Eindruck von Mangel dagegen wuchs. Das Elend der Einsamkeit überkam sie, und sie hatte niemanden, ihre Gefühle zu teilen. In diesen Jahren entwickelten sich ganz langsam die Freundschaften, die sie viel später als solche erkennen wollte.
Über Frauengruppen, Aktivitäten, machte sie aus ihrem individuellen Problem eine allgemeinere Sache. Wie viele glaubte sie, eine Gesetzmäßigkeit und damit eine Lösung gefunden zu haben. Die endlosen Sitzungen, Diskussionen, Aktionen schufen dennoch, wenn nicht Klarheit, so doch ein Mehr an Erfahrung. Noch galt es, über das Allgemeine zum Kern zu gelangen, aber gleichzeitig führte die Verallgemeinerung zur Loslösung. Zu einer möglichen Öffnung.
Mit Argumentationen konnte ihr Mann wieder umgehen. Was vorher individuelles Raunen und Klagen, war jetzt Tages-, ja sogar Politgespräch. Diesem stellte sich ihr Mann ohne Zögern. Er fand nun die Feinheiten und die Widersprüche. Bereit, auf diese Art sein Teil zum sozialen Fortschritt beizutragen, gehörte er zu den Männern, die sich an der Emanzipation der Frauen freuten und aktiv daran arbeiteten. Geriet ihr in dieser Periode

ein Argument zu persönlich, gar im Widerspruch zu einer offiziellen Theorie, wies er sie nunmehr darauf hin.
Diese Zeit hatte doppelten Boden. Eine gewisse Bresche öffnete sich. Einsichten kamen, gingen, etwas war in Bewegung. Irmgards Mann versuchte ganz offensichtlich, zum Eigenschutz natürlich, gerade jetzt sich jeden Arguments zu bedienen, um nicht an den Kern seiner selbst zu gelangen. Dies drückte sich in Irmgards Eintragungen erst aus, als alles schon am Abflauen war. Ihre Bilanz jedoch drückte sich positiv aus: »Es ist etwas verändert worden. Aber es reicht nicht aus.« Das waren ihre eigenen Worte.
Sie waren wieder allein, um ein paar Freunde reicher. Überraschung spiegelt sich in einer Eintragung, als eines Tages ihr Mann auf einen Streit zurückkam, der fast ein Jahrzehnt zurücklag. Im Nachhinein meinte er, habe sie recht gehabt. Irmgards Worte spiegeln die Erschöpfung wider, als sie schrieb: »Zehn Jahre danach. Zehn Jahre lang war ich im Unrecht, und jetzt plötzlich, jetzt, bin ich im Recht.« Sie schrieb weiter:
»Ich bin ausgelaugt von dieser Erkenntnis. Wenn ich vor zehn Jahren noch die Energie gehabt habe, mir mein Recht zu erstreiten, habe ich diese Energie längst nicht mehr. Und es ist fast keine Freude mehr, jetzt zu hören, daß irgendwann vor langer Zeit, ich einmal, in irgendeiner unwichtigen Nebenfrage ... im Recht war. Ich fürchte, daß es mir mit allen vergangenen und zukünftigen ebenso unwichtigen Streitangelegenheiten so gehen kann. Das gibt mir keine Stärke. Ich fühle mich wie eine, die für immer das Essen verlernt hat.«
Mit allen diesen Beschreibungen, Überlegungen, Endgültigkeitserklärungen erschien mir Irmgard im ewigen Kampf. Eine große Stärke ging von ihr aus, die sich jedoch immer wieder in Nieder-

lagen zu äußern schien. Ihre Wortwahl zeugte von ihrem Bedürfnis, das Deutlichste, Krasseste sagen zu müssen. Sie wiederholte das jedoch aus einem Gespür heraus dafür, wie sich Worte verändern, wenn sie in verschiedene Lichtbereiche geraten. Zwischen Hell und Dunkel geriet ihr die Sprache jedoch am Besten, wenn sie sich im neutralen Zwischenbereich befand. Waren ihre Empfindungen zu stark, ließ sie sich von ihnen mitreißen und verlor die Kontrolle.

Mehr als einmal fühlte ich mich unwohl. Als Irmgards Mann mir die Hefte übergeben hatte, war meine Freude groß gewesen: es war ein Zeichen von ihr, ein letztes, ein wichtiges. Erst später ging mir die Zwiespältigkeit ihrer Geste auf. Was wollte sie mir sagen? Was sollte ich herauslesen?

Verschiedene Arten, aus dem Schlüsse zu ziehen, was sich vor mir auftat; aus einem Leben, das nicht das meine war: ich schwankte hin und her. Ich wußte, was es mit Tagebucheintragungen auf sich hatte. Sie sind nur eines der vielen Mittel der Darstellung und dienen ebenso der Verhüllung wie der Enthüllung. Diese Mischung zog mich an, war sie nicht das, was mich genauso ausmachte.

Es gab keine andere Möglichkeit. Kurzentschlossen vereinbarte ich mit Irmgards Mann einen Treffpunkt: »Vielleicht können wir uns hier in der Wohnung sehen«, schlug er am Telefon vor. Nein, der Weg war mir nicht zu weit. Ich reiste an einem Freitagabend, eine stumme Reise, durch eine stumme Nachtlandschaft.

Er holte mich vom Bahnhof ab. Es war das erste Mal, daß wir uns wiedersahen seit der Beerdigung. Er glich jetzt mehr dem Bild, das Irmgard von ihm entworfen hatte, das Ungeschickte, Unbeholfene war von ihm abgeglitten. Wir fuhren zur Woh-

nung. Dort schlug mir Irmgards Gegenwart ins Gesicht. Sie war überall. An den Wänden, in jedem Möbelstück; die Farben, das Licht. Ich war geblendet.
Später am Abend wies er mich auf die Begrenztheit solcher Eintragungen hin. »Sie hat es zum Schluß selbst gesagt.« »Es sind nur punktuelle Eintragungen, meist zu Krisenzeiten geschrieben. Das hält die schwärzesten, härtesten Monate fest. Sie werden falsch, wenn man sie so aneinanderreiht. Wir waren glücklich. Sie war es.«
Ich verbrachte das Wochenende mit ihm und den Mädchen. »Das war ihr Zimmer«, sagte er; und ich hatte Zeit genug, in der Nacht, in der ich nicht schlief, ihren Spuren nachzuhängen. Von den Büchern kannte ich noch welche.
Am letzten Nachmittag zeigte er mir Photographien. Es waren gute Aufnahmen. Sie hatte viele Gesichter. Wie recht er hatte. In den Tagebucheintragungen war Irmgard mir düster, rechthaberisch, depressiv erschienen. Auf den Photos nahm sie mit ihren Bewegungen immer einen großen, weiten Raum ein. Ich bat ihn um eines der Bilder.
Eine zweite Nachtfahrt: zurück. Mehr blieb mir nicht von Irmgard. Ein Bild, Tagebücher. Selbst mühsam zusammenaddiert ergaben sie nicht, was sie einmal war. Eine Frau.

Unteilbare Zeit

Blankes Gold über der Autobahn. Kein Himmel war heller. Je weiter ich mich von der Stadt entfernte, umso unschärfer wurden die Bilder: kaum vierundzwanzig Stunden lagen hinter mir. Wie es zugegangen war, wußte ich nicht. Der Weg war schon versperrt; offen nur ins Freie, in die Zugluft.
Nicht, daß ich mich nicht schon heimisch fühlte in diesem wiederholten Abgang. Da waren sie alle versammelt, meine Freuden; Teile, Reste, Stücke, wie es sich gehört für rechte Seelensammler. Mitten in alter Geschichte, als stünde sie da noch geschrieben, als gälten noch ihre Gesetze.
Die Stadt lag hinter mir. Mit ihren Straßen, mit ihren Menschen, mit ihren kleinen Einsamkeiten. Sie lebt immer, wenn die Menschen leben, was diese auch leben. Sie sammelt, sie verschluckt die Norm, auch die ausgefallenste.
Eine Tür öffnet sich, ein Fenster, der weiße Flur. Der Punkt. Wir waren angelangt. Ein paar Worte, auf Papier geschrieben, ein Seil in den Abgrund der Zeit geworfen, wir, an den Hängen unserer selbst.
An Mut hatte es uns beiden nicht gefehlt, aber es war dann zu Ende und jedes Wort half nur, den Zustand zu besiegeln, der sich schon wortlos an die Stelle des Wollens gesetzt hatte. Sie war noch da, aber schon entschlossen, ich hatte schon verstanden, nur die Worte wollten noch ausgesprochen werden. Als gehörten sie zu den eigensinnigen Geschöpfen der Natur, die keinen Versuch unterlassen, selbst unbequemste Hindernisse zu durchqueren. Sie standen außer mir und machten sinnlose Verbeugungen.

Nach rechts einordnen. Raststätte. Auf dem Spielplatz Kinder für eine halbe Stunde. Eltern und Autos, Hunde. Niemand erwartet mich. Keine Hinterbliebenen ... Fertiggerichte, Belegte Brote, Kaffee. Der Tag blieb strahlend, wie er begonnen hatte. Für mich.
Autobahnhügel, Raststättengrün, anonymes Treiben, kein Grüppchen kennt das andere, meine Augen ruhten sich aus an der Gleichförmigkeit. Nichts Unvorhergesehenes trat ein. Die Automaten gaben Kalt- und Heißgetränke, Väter und Mütter zückten die Geldbeutel, geduldige Kinder erkaufend, knappes, sachliches Hin und Her an der Theke. Hier wurden keine Extrawürste gebraten.
Die Augenblicke bis in kleinste Einzelheiten genießend, ohne Ungeduld, rastend, saß ich am Tisch, vor der Fensterwand, vor der Rasenfläche, vor den Parkplätzen, vor der großen Straße. In diese Ruhe hinein kamen die ersten Bilder, und gegen meine Privatshow kein Mittel, kein Knopf zum Abstellen.
Im allgemeinen geht es mir mit Erinnerungen so, daß sie ausgeleuchtet sind wie weite Räume und ich sie festhalte mit Lust. Sie verlieren sich oder gewinnen an Helle: nichts mehr haftet an den Gegenständen selbst.
Noch war die eigentliche Geschichte zu nahe und hatte ihren Stachel doch schon verloren. Wenn die Augenblicke wiederkehren, finde ich verschiedene Qualitäten des Lichts, der Luftfeuchtigkeit, der Temperatur. Der Rest ist vertrocknet, und ich achte wohl darauf, den harten Kern nicht mehr aufzubrechen. Ich stand auf, zahlte.
Fand mich wieder im Auto, weiterfahrend, das Seitenfenster geöffnet, Wind in den Haaren.
Zu Besuch in der Stadt, für ein Wochenende. Wir waren in ih-

rem Büro verabredet. So war es ausgemacht. Wir hatten uns lange nicht gesehen, viel zu erzählen. Ich war schon am frühen Nachmittag angekommen. Der helle Frühling lag über den Straßen.
Die schöne Freundschaft jedoch war schon aufgelaufen. Schon davor waren Schatten da, die Fäden hielten nicht mehr, es brauchte nur ein paar Worte, Mißverständnisse, Ketten ungesagter Wahrheiten schnürten uns ein.
Hartnäckig suchte ich Brücken zu bauen.
»Wann.« Keine Antwort. Nur die Schuhspitzen einmal auf, einmal ab. »Weiß ich nicht«, hieß das.
Ich ging, die Tür schlug hinter mir zu. Den weißen Gang entlang. Mir war heiß, draußen war es kalt. Die Schlüssel wollten mir nicht gehorchen, saß dann schon im Wagen, kochte unter meiner Nylonbluse, die Brille beschlagen. Der Motor sprang an, ganz plötzlich.
Das Nötigste tun, keine Zeit verlieren. Fest sein. Nicht nachgeben, kein Wort zurücknehmen. Gefühle sparen. Einpacken, weg, raus.
Der Koffer! Ich hatte den Koffer vergessen! Spott dröhnte, ich riß den Wagen herum, fast in den gegenüberliegenden Zaun, rannte über die Straße, meine Schritte pochten wieder durch den langen weißen Flur, das Licht im Büro, die Behäbigkeit war wieder eingekehrt. Bücher, Akten, Unterlagen. Sie saß noch da, das Gesicht immer noch verzerrt, flach, weich, alt. Hing schon am Telefon. Genugtuung in der Stimme. Worüber, fragte ich mich, worüber?
Ich nahm den Koffer, der vergessen neben dem Schreibtisch stand. Und das Telefon, die Pflanzen, die Tür, der Flur, alles lag schon hinter mir.

Es war vorbei.
Langsam verließ ich das Gebäude. Mein Blick wollte sich nicht kurz fassen. Ich schaute, und sie blieben für mich uneingenommen: der Kiosk, die Straßenbahnhaltestelle, das Haus hinter mir, die Frau in ihrem Büro. Ich, koffertragend.
Der Lärm fiel ab von mir. Die Schlüssel gehorchten. Der Motor rauschte leise, und ich fuhr auf Luftkissen. Ich strömte ein in den Verkehr, war Teil unter Teilen. Getrieben, eingestimmt, eingespielt.
Der Wagen fuhr an den Kanälen der Stadt entlang. Zu den Hafenbecken. Dort lag noch das Boot: Wikingschiff für Kinderträume mit Holzbänken und Himbeerlimonade an heißen Sommertagen. Auf dem Kies plötzliche Stille der Räder. Schlagen der Tür, die Schlüssel.
Meine kleine schwarze Tasche. Die saure Luft, kühl, essigrein. Meine Stirn frei vor dem Wind.
Heute war alles leer. Ich scheuchte sie auf bei meinem Eintritt in das Bootscafé: Möwen und Kellnerin.
Sie kam auf mich zu, fragte. Ich wußte, was ich brauchte, zündete mir eine Zigarette an mit ihren Streichhölzern. Als sie den Kaffee brachte: stark, schwarz und heiß. Schleppkähne brachen langsam durch den Kanal. Geranientöpfe an den Fenstern. Am Himmel standen Fallschirmspringer. Die Lagerhallen am anderen Ufer müßig und leer. Dem Wasser dankbar, saß ich nun erst einmal da.
Nichts drang in meinen Kopf, nur die Zeit wühlte mich auf. Unmerklich, unterschwellig, wie es ihre Art ist. Nichts war da, kein Wetter, kein Wind.
Ihren Beruf ausübend, hatte die Kellnerin mit ihren braunen Augen schon verstanden. Ihr neugieriger Blick sagte: »Das mußt

du vergessen«, ob ich noch etwas wünsche, sagte sie dann laut in die Wirklichkeit hinein.
Weiß.
Natürlich. Jetzt saß sie an meinem Tisch. »Wir kennen uns«, sagte sie, und als ich lachte: »Wirklich.« Sie erzählte mir genau, wann und wo. Wir waren beide kleine Mädchen gewesen. Ihr Name fiel mir plötzlich ein. »Inga.« Ich suchte die Zahnlücke, aber die war zugewachsen. Da erkannte ich sie, Raum in mir, Abstand, Weite, und schaute sie weiter an, Erinnerungen suchend. Noch einen Kaffee. Freundliches Ausfragen. Was ich mache, wo ich wohne, und dann von sich sprechend: »Mein Mann«, das hatte ich schon erraten. Das Kind lebt natürlich bei ihm. »Ja«, sagte sie. Aber von mir wollte sie wissen was eigentlich los sei. Nichts. Alles. Geschwätzig: das und das. Die Lastkähne schoben sich wartend durch das Wasser: Schleusenstellen.
Ich nahm eine Zigarette. »Du rauchst zuviel.« Bereit, zu verstehen. Ärger in den Händen, als ich sie anzündete. Sie nahm sich Urlaub für den Rest des Tages.
Ließ sich mit dem Auto durch die Stadt fahren. Kreuzend erfuhr ich die neuen Ampeln der Stadt. Sie führte mich an ihre Lieblingsstellen, mir blieben das wohltuende Abbiegen, die Betätigung von Schaltung, Kupplung, Blinklicht, zeitfüllende Notwendigkeit.

Für den Rest des Abends fanden wir schließlich einen Parkplatz in der Nähe ihrer Wohnung. Ich war müde gefahren, und wenn wir still wurden, hing der weiße Flur vor meinen Augen.
Inga führte mich zu ihren Gassen, ihren Kneipen, durch ihre lange Geschichte von dem Mann, der ihr dann schließlich das Kind weggenommen hat, von der Mutter, die immer noch mit

Herzanfällen droht, von den Menschen, die sich an sie hängen, und sie war doch selber so schwach.
Ihre Last auf mir: das Kind und die gespielte Leichtigkeit, wenn sie sagte: »Nächstes Wochenende«. Ich wollte nichts damit zu tun haben und selbst die Leere in meinem Kopf und der weiße Flur vor meinen Augen wollten mir angenehmer erscheinen als diese Fülle von Orten, Begebenheiten, als dieses langwierige Wiederfinden. Sie rauchte nicht. Ich wohl.
Sie trank. Ich bestellte zu essen, auch für sie. Es gab keinen Weg zurück, ich wehrte mich nicht weiter. Keine Überraschung, das Kind, immer wieder das Kind. »Nun laß es dort, vielleicht geht es ihm gut, bei dem Vater.« Ich verstand sehr gut: das Kind war ihr Leben. War ihr Leben gut aufgehoben bei dem Vater?
Ich erinnerte sie an das Gebot: du sollst dein Leben auflösen in dem Leben deines Kindes, du sollst dein eigenes Leben haben, in dir, mit dir.
»Kirchensprüche«, sagte sie. Und ich war auch nicht mehr gläubig. Nicht zu dieser Stunde. Wir machten einen letzten Rundgang durch die Stadt. »Und woran glaubst du?« fragte ich. »An den lieben Gott«, aus der Pistole geschossen. Und lachte, ganz herzhaft und frei. »Was sonst noch?« sagte sie, »sollen wir jetzt noch Sterne zählen?« Mein Gott, nimm bloß jetzt nichts ernst. Sie nahm mich bei der Hand, zog mich zu sich auf die Bank, nahm mir die Zigarette aus dem Mund und lachte weiter. Die Zigarette schwamm im Wasser, so einfach war das.
Ich riß mich los und wußte, daß ihr das wehtat. »Ich bin müde«, sagte ich. »Es ist nicht weit bis zu mir.« Wir gingen den kurzen Weg nebeneinander, stumm, und ich wütete in mir, gegen mich, mit ihr, gegen sie.
Vor dem Haus stand ein kleiner Brunnen. »Wahre Freundschaft

soll nicht wanken«, sang sie laut. Die schmale, brüchige Holztreppe führte zu ihrer Wohnung. Ich hatte Mühe, ihr zu folgen. Sie stand schon an der Tür, den Schlüssel in der Hand, öffnete.
Zuerst war es dunkel. Dann schienen Lampen auf den weichen, weißen Teppich. An den Wänden nur wenige Spuren: kühle

Bilder, warme Stoffe. Tee? Gerne. Ich sah die fremde Frau hereinkommen: so hatte Inga Gestalt angenommen.
Sie trug das Tablett mit Kanne und Tassen, stellte es auf den Teppich, setzte sich daneben. Nun war keine Gefahr mehr, ich war frei.
Unter den Photos war eines, auf dem wir zusammen zu sehen waren. Das lachende Kind und das finstere. Das finstere war ich. »Ja, das stimmt.« Wir waren in dieselbe Kirche gegangen, in dasselbe Freibad. Sie war immer noch dicker. Ich sah Inga in ihrer Wohnung herumgehend, da etwas räumend, hier etwas suchend. Sie fand kleine Stücke, zeigte sie mir, oder legte sie beiseite. Für irgendwann. Für später.
Sie ist von ängstlicher, schwacher Natur, sagte ich mir, und hat keine Angst. Seit wir zusammen sind, hat sie sich ihrer Freundlichkeit keinen Augenblick lang geschämt. Sie wies mir ein Bett an für die Nacht und zeigte mir Küche und Bad. Falls ich früher aufwachen sollte. »Ich schlafe immer lange.«
»Vielleicht bin ich dann schon weg«, sagte ich. Und fügte hinzu: »Ich fahre bestimmt so früh wie möglich.« Sie lächelte weiter. Sie zog sich zurück. Ich blieb mit dem weichen Licht zurück, das ich dann löschte. Zog mich aus in der Dunkelheit und lag dann im Raum, unter der Decke. Der Schlaf kam leicht, und im Zimmer war es wieder hell, als ich aufwachte.

Jedenfalls könnte ich einen kurzen Brief schreiben, den ich auf ihren Küchentisch legte mit meiner Adresse, für alle Fälle. Noch kannte ich Inga nicht. Vielleicht würde ich sie kennenlernen. Kein Ende also.

Sara Rosenbladt

Mädchenspiele

Meine Freundin Lena lacht, die Sommersprossen auf ihrer blassen rosa Haut hüpfen. Sonnenstrahlen verfangen sich in ihrem rötlichen Haar, es glänzt golden, feuerfarben.
Lena faßt mich an der Hand, sagt: »Komm!« Sie lacht mit weißen Zähnen, der vordere Schneidezahn ist abgebrochen.
»Ich zeig dir was, da hinterm Heuschober.« Selbstbewußt, zwölfjährig. Sie zieht mich hinter den Heuschober, knöpft ihre leichte Sommerbluse auf, holt zwei schwere Brüste heraus.
»Na?« Triumphierend.
Die Brüste scheinen durchsichtig, blaue Aderstränge schimmern darunter, vorn große braune Kreise.
»Faß sie an, du brauchst dich nicht zu genieren.«
Zaghaft rücke ich näher, betrachte Lenas Brüste. Voll sind sie und weich. Glatt und warm und fest. Vorsichtig streichen meine Fingerspitzen darüber.
»Ich kann dir noch mehr zeigen«, sagt meine Freundin Lena mit dem abgebrochenen Schneidezahn und schiebt ihr Gesicht ganz nah heran, drückt ihren Mund auf meinen, macht Kaubewegungen.
»Mach mit!« fordert sie, keinen Widerspruch duldend. Ich ahme ihre Kaubewegungen nach.
Sie saugt an meinem Hals. »Das machen die Großen auch«, sagt sie heiser, »ich hab das schon oft gesehen.«
Ihre braungesprenkelte Hand schlüpft unter meinen Rock, zieht das Gummiband meiner Baumwollunterhose nach unten.
»Aber wenn einer kommt?« flüstere ich.
Na und? sagen ihre Augen.
Es ist mir nicht unangenehm, was sie tut. Mein Herz flattert ein wenig, ich weiß nicht, warum. Ich habe ein komisches Gefühl im Bauch, als sie einen Finger in mich steckt, spüre merkwürdige

Feuchtigkeit zwischen den Beinen, dort, wo ihre Finger sich bewegen.
Sie faßt meine Hand, legt sie zwischen ihre Beine. Schiebt meinen Pullover hoch, reibt ihre großen Brüste an mir, die ich noch ganz flach bin. Ihr Mund macht weiterhin Kaubewegungen. Ich denke an Ananastorte, die es nur an Geburtstagen gibt und lecke ihr genußvoll über die Lippen.
Plötzlich eine Stimme neben uns. Eine Jungenstimme.
»Was macht ihr denn da?« halb neugierig, halb entsetzt.
»Scher dich weg!« Lena keucht unwillig. Das ist unser Spiel.
»Was willst du überhaupt hier?« Ich, ihr Echo: »Scher dich weg!«
Wir kennen den Jungen, einer aus dem Dorf. Er läßt sich nicht verscheuchen, er kommt näher, in seinen Augen blitzt es gierig. Als er sieht, wo unsere Hände sind, sagt er: »Pfui, ihr Schweine!« Setzt sich vor uns hin. Wartet.
Lena bleckt den Schneidezahn.
»Hau bloß ab, das hier sind Mädchenspiele. Jungens haben hier nichts zu suchen.« Und ich wieder ihr Echo.
Sie zieht ihre Hand nicht unter meinem Rock hervor, tut auch nicht ihren Finger weg, läßt ihn dort, wo er ist.
Ihre Bluse steht noch immer offen, der Junge kann ihre Brüste sehen, sie unternimmt nichts, sie zu verdecken.
Der Junge starrt, wartet.
»Geh endlich weg!«
Kopfschütteln, stierer Blick.
Lena nimmt ihren Finger zurück, sagt zu dem Jungen: »Komm mal her, ich zeig dir was.« Sie lächelt ihn an, ihr Schneidezahn blitzt.

Unsicher rückt der Junge näher an sie heran. Schnell öffnet sie ihm die Hose.
»Und die da?« fragt er und zeigt auf mich.
»Die stört nicht«, sagt sie, »die ist meine Freundin.«
Aus seinem Hosenlatz holt sie eine fleischige Wurst, zupft daran, knetet, beugt sich hinunter.
Der Junge schielt zu mir herüber. Plötzlich schreit er auf, das Gesicht häßlich verzerrt. Er preßt die Hände zwischen seine Beine und heult. »Du Luder, du dreckiges Luder!« Wischt sich Rotz von der Nase. »Du Sau, du dreckige!«
»Reg dich wieder ab. Mach, daß du fortkommst.« Er hüpft schreiend davon, hält sich krampfhaft sein Vorderteil.
»Und merk dir eins«, ruft Lena ihm nach. »Das ist nur ein Spiel für Mädchen.«

Birgit Sodemann

Muskeln

Ich bereue nicht, was ich getan habe. Nein, lieber klopfe ich mir selbst auf die Schulter und denke: das war die Freude wert.
Im Bus zählte ich nur wenige Fahrgäste. Eine alte Frau lächelte mich lange Zeit an — dabei wäre ich beim Einsteigen fast auf ihren dicken Pudel getreten. Monika wies mich gerade noch rechtzeitig auf das fette Ungetüm hin.
So machte ich einen kleinen, unbeabsichtigten Sprung und entschied durch meine Landung, zum ersten Mal, auf welchen Sitzplätzen wir die nächsten dreißig Minuten verbringen werden. Zum ersten Mal saß ich daher auch am Fenster und Monika am Rand; danke, dicker Hund! Nein, sie wurde nicht, wie jetzt vielleicht einige denken werden, unruhig oder sogar nervös — nein, Monika nicht: immer ein Lächeln auf ihren kirschroten Lippen, die Beine sorgfältig übereinandergeschlagen; so habe ich sie kennengelernt. Damals in der Kneipe.
Das ist jedoch leider nur der kleine Teil der Wahrheit. Richtig ist, Monika hat mich kennengelernt. Wie konnte sie das? Und wieso wollte sie das? — werden Sie sich jetzt fragen. Ich weiß es nicht.
Im Gegensatz zu mir ist sie wunderschön. Nach dem Training schlüpfe ich lieber in weite Jeans, als in enge, rote Röcke. Und meine Hornhaut an den Händen verrät, daß mein Hobby nicht künstlerisch geprägt ist. Ich rudere sieben- oder achtmal in der Woche — sie malt; oh, Verzeihung, Monika tuscht. Wäßrige Landschaftsaquarelle, die nur den See und nicht die toten Fische und alten Spüliflaschen erkennen lassen. Auch das kleine Mädchen, das am Ufer träumt, hat trotz Pubertät keine Akne sondern Pfirsichhaut. Soviel Schönheit gibt es nur im Fernsehen — und bei Monika.
Was war eigentlich passiert?

Wir kennen uns nun schon zwei Jahre. Zwei Jahre lang zusammen gefrühstückt; das sind ungefähr fünfhundert geköpfte Frühstückseier und das entspricht knapp dreihundertundfünfzigmal der Wiederholung folgender sechs Worte: »Schlag bitte die Eier *oben* auf!« Und nun stolpere ich zufällig über einen dicken Hund, lande als erste auf dieser Sitzbank, und alles ist anders. Der Bus hält, und wir steigen aus. Sie hakt sich bei mir ein, und wir schlendern langsam durch die Straßen, wie wir es schon so oft getan haben. Und immer war es schön.
Auch jetzt schlägt mein Herz wieder etwas höher, als sich ihre Hand meiner Hand nähert. Meine Manteltasche ist groß genug für zwei Hände. Habe ich mir diesen Mantel deshalb ausgesucht? Bald kommen wir am Fluß vorbei, dann noch über die Hauptstraße und schon sind wir bei ihrer Mutter, die uns jeden Mittwoch zum Essen einlädt. Der Rest ergab sich dann von selbst. Also erzähle ich, wenn auch zögernd, weiter.
Der Fluß stank; hier und dort trieben einige tote Fische, die uns vorwurfsvoll ihre weißen Bäuche zeigten. Monika war angewidert. Ihr Ästhetikgefühl verletzt.
Jetzt wieder meine Frage: Was verbindet mich mit ihr? Woher kommt dieses Bedürfnis, ihre Hand in meiner großen Manteltasche zu spüren? Wir standen am dreckigen Ufer — und ich traf auf meine Gedanken.
Dieses Mal konnten ihr elegantes Kleid, die teuren Stiefel und ihre kirschroten Lippen mich nicht einschüchtern. Ich wußte: ich bin Ute, die Ruderin. Plötzlich spürte ich meine Kraft in den Oberschenkeln und Armen; zum ersten Male war ich stolz auf meine mit Eiweiß gefütterten Muskeln.
Monikas Fotomodellbeine konnten mir nichts mehr anhaben. So durch und durch selbstbewußt, so sicher und fröhlich zugleich,

mußte es kommen, wie es gekommen ist: ein kleiner Stoß. Monikas ängstliches Quieken. Mein Schreck.
Ja, und dann ging alles wieder seinen gewohnten Gang. Erst zog ich sie aus dem schlammigen Wasser, dann gab ich ihr meinen Mantel und nahm ihre nassen Sachen. Wir sahen uns in die Augen, gingen weiter den Fluß entlang. An den makellosen Beinen trockneten Spuren des dreckigen Flusses.
Monika bemerkte das nicht einmal.

Gisela Schalk

Begegnungen

An Silke

Begegnungen

Verlegen stehen sie nebeneinander und sehen geradeaus auf das gelbe Viereck, in dem ihre Kinder sitzen und im Sand spielen. Lange werden sie hier nicht mehr stehen müssen. Hinter ihrem Rücken hockt die Sonne bereits auf den Hausdächern und färbt einen schmalen Streifen Himmel rot. Maria zieht den Reißverschluß ihres Kapuzenpullovers hoch.
»Dieter kommt um sechs nachhaus, ich wollte noch einen Salat machen«, sagt sie und ihr Blick geht immer noch geradeaus in die Sandkiste.
»Walter kommt heute sowieso später.«
Helga zieht ihre Schultern fröstelnd unter der weißen Strickjacke zusammen.
»Mir eilt's nicht.«
Wieder sehen sie geradeaus, hängen ihren Gedanken nach und wissen dabei, daß sie beide an das Gleiche denken. Vorhin haben sie es entdeckt und vorsichtig darüber geredet. Im Moment scheuen sie sich, den Faden wieder aufzunehmen und beobachten statt dessen ihre Kinder, die immer noch still vor sich hin spielen.
»Mir kommt es vor, als würden wir uns schon viel länger kennen als zwei Monate«, sagt Maria schließlich und sendet ein unsicheres Lächeln nach links zu Helga rüber, die es auffängt und erwidert.
»Mir geht es genauso. Es kommt wohl darauf an, was einen verbindet.« Helga lacht ein kurzes, schüchternes Lachen und sucht Marias Blick.
»Ob sie wohl heute kommt?«

Maria weiß, daß sie jetzt das ausgesprochen hat, woran sie beide die ganze Zeit denken. Helga atmet erleichtert auf. Jetzt können sie wieder von dem reden, was sie beide am meisten beschäftigt.
»Sie hat ja wirklich wenig Zeit. Diese ganzen Verpflichtungen wegen ihrem Mann. Ich war sowieso erstaunt, daß sie überhaupt in unsere Gruppe gekommen ist. Bei uns beiden ist das etwas anderes. Wenn man neu hierher gezogen ist und niemanden kennt...«
»Aber sie...«
Helga schüttelt ihren Kopf mit den kurzen Haaren, was äußerlich wie innerlich manches in Ordnung bringen soll.
»Ganz schön faszinierend, die Frau.«
Und wieder lachen beide verlegen, sehen auf das gelbe Viereck vor ihren Augen und hängen ihren Gedanken nach.

Helga ist die erste, die das Schweigen wieder bricht. »Wenn sie nicht gekommen wäre, hätten wir es dann überhaupt jemals gemerkt?«
»Was? Daß man so etwas auch für eine Frau empfinden kann?«
Helga hackt mit den Fußspitzen kleine Löcher in den Sand.
»Daß man sich auch in eine Frau verlieben kann.«
Beide lachen leise, sehen auf Helgas Füße und kuscheln sich tiefer in ihre Jacken.
»Daß den Kindern nicht kalt wird.«
»Sie sind ja warm angezogen.«

Die Sonne ist bereits zur Hälfte unter die Hausdächer gerutscht, aber die Kinder sind nach wie vor in ihr Spiel vertieft. Die zwei Frauen stehen immer noch nebeneinander und sehen auf den Sandkasten.

»Wenn sie heute abend kommt, wird sie uns zum Abschied wieder umarmen«, sagt Maria.
»Und wir beide werden den ganzen Abend darauf warten«, erwidert Helga sachlich.
Maria seufzt und beginnt, das Sandspielzeug vom Boden aufzusammeln.
»Ist schon komisch, das Ganze.«
»Ziemlich«, gibt ihr Helga recht, während ihre Augen wieder den Blick von Maria suchen, bevor sie die nächsten Worte gefunden hat.
»Ich hätte gar nicht gedacht, daß eine Frau so was macht.«
»Was?«
»So was wie sie. Ich hab' zum Beispiel Bierkisten ins Auto gestellt, sie hat mir geholfen, und plötzlich strich sie mit ihrer Hand über meine Brust. Ich dachte, mich trifft der Schlag, aber sie hat weitergepackt, als wäre nichts gewesen. Wenn das ein Mann gemacht hätte...«
»Dann hättest du ihm wahrscheinlich eine geklebt.«
»Na ja, vielleicht auch nicht. — Doch, wahrscheinlich schon.«
Maria entfernt den Sand von Eimern und Förmchen und schichtet alles ineinander. Helga klopft sich sorgfältig von oben bis unten ab.
»Mir sind auch solche Sachen mit ihr passiert«, sagt sie und klopft ihr Knie ab, das noch Spuren von dem Sand aufweist. »Ich hatte nach einem Abend in unserer Gruppe meinen Schlüssel gesucht, und da hat sie mir geholfen.« Helga arbeitet noch heftiger an ihren Beinen herum. »Sie hat hierhin gesehen und dorthin gesehen und dann hat sie mich abgetastet, ob ich den Schlüssel nicht eingesteckt hätte. Rundrum ist sie mit den Händen gefahren, auch da, wo ich bestimmt keinen Schlüssel hingesteckt haben

konnte. Wenn das ein Mann gemacht hätte ... man ist total hilflos, vor allem, wenn man merkt, daß einem solche Berührungen nicht gleichgültig sind ...«
Sie sehen sich an, und das Staunen über sich selbst macht sich immer deutlicher in ihren Gesichtern breit.
»Was hättest du früher gedacht, wie du auf solche Vorfälle reagieren würdest?« fragt Maria.
»Ich?« Helga runzelt die Stirn. »Auf jeden Fall nicht so. Ich hätte mir vorgestellt, in einer solchen Situation ganz nüchtern zu fragen, was das Ganze soll.«
Das Verwundern über sich selbst wird noch größer in Helgas Gesicht.
»Mir hat das auch was ausgemacht, das, und die anderen Sachen. Wenn sie mich in die Arme genommen hat vor allem«, sagt Maria.
Helga nickt und zusammen gehen sie langsam zum Sandkasten und fangen an, ihre Kinder zu säubern und in die Kinderwagen zu setzen.

»Sehr fair ist das wohl alles nicht von ihr«, beginnt Helga wieder. »Mal an der rumfummeln, mal an der. Wenn das ...« Sie hört mitten im Satz auf, mag nicht schon wieder dasselbe sagen.
»Wir wären stinkwütend geworden«, vollendet Maria den Satz der Freundin. »Vielleicht sollten wir das auch jetzt sein. Aber es ist alles so ungewohnt, so irre.« Sie schiebt schweigend den Wagen mit dem Kind neben Helga her. »Wir müssen uns beeilen, wenn wir bis 8 Uhr fertig sein wollen.« Helga atmet tief durch.
»Bevor sie kam, waren die Dienstagabende anders«, sagt Maria.
Helga nickt und schlägt den Stehkragen ihrer eigenen Jacke hoch. Dann gibt sie sich einen kleinen Ruck und zieht Maria vorsichtig

die Kapuze auf den Kopf. Sie lächelt zaghaft: »Es ist kalt. Bis später.«
»Bis gleich.«

Für meine Töchter.
Für alle Töchter.

An Silke

Silke, du, Freundin. Ich muß noch einmal mit dir reden. So laut, daß es möglichst viele hören, die heute so alt sind wie wir damals. Ich will diesen Versuch wagen, obwohl ich vielleicht zu einer Toten spreche, denn du warst immer davon überzeugt, mit 33 an Krebs zu sterben. Das wäre vor 5 Jahren gewesen. Egal. Von dir lebt soviel, noch nach 25 Jahren bewirkst du solche verrückten Sachen in mir, daß deine körperliche Anwesenheit für mich inzwischen unwichtig ist.
Weißt du, daß ich immer noch von dir träume? Immer wieder die gleichen Träume? Ich sehe mich durch das Haus laufen, in dem du damals gewohnt hast, höre mich nach dir fragen, sehe das Schulterzucken der Hausbewohner, empfinde Kahlheit, Kälte, Messerstiche von hinten. Ich renne durch unbewohnte Städte, durch Wälder von kahlen Bäumen, durch Eiswüsten. Ich suche dich. Immer noch.
Ich sehe eine Szene vor mir, die 25 Jahre her sein muß. Ich liege zum Fenster rausgelehnt in der Wohnung meiner Eltern, die zu ebener Erde ist. Wir reden miteinander. Zum 1000. Mal tauche ich weg in deinen Augen, die wie ein dunkler See sind. An diesem Tag haben wir einen besonders guten Draht zueinander. Plötzlich sagst du: »Schade, daß du kein Mann bist. Dann würden wir sicher immer zusammenbleiben.« Dieser Satz läßt mich fast zum Fenster rausfallen. Du erklärst ihn noch. »Wir ergänzen uns so gut, und ich mag dich wirklich sehr, sehr.«

Natürlich hat uns damals kein Mensch gesagt, daß aus unserer Freundschaft mehr zu machen wäre als frühes Abschiednehmen. Daß dieses künstliche Abstandhalten, dieses krampfhafte Gehabe, zufällige Berührungen zu vermeiden, dieses ganze Gefühlskorsett, in das wir uns freiwillig sperrten, überflüssig war. Daß wir uns selber einfach hätten nachgeben, uns lieben können.
Dafür wurde etwas anderes gesagt. Deine Mutter hat mit dir geredet. Dich gewarnt. Daß sich eine Sünde, ein schweres Vergehen gegen die Natur anbahne. Die scheinbar unausweichlichen Folgen für solche Freveleien wurden vor deinen Augen in die Luft gemalt: Ende des körperlichen Wachstums, Frühreife, Perversion, Siechtum. Bleiben in der Talstadt, zwischen Gefährdeten, Gestrauchelten, Untüchtigen, wo wir beide aufgewachsen waren. Und auf der anderen Seite die Bergstadt mit ihren feinen Bewohnern, die bereits ihre Finger nach dir ausstreckten, fasziniert von deiner Intelligenz, deiner schönen Stimme, deinen dunklen Augen. Die überzeugt davon waren, daß du dich nur verirrt hattest und in Wahrheit zu ihnen gehörtest. Zu ihren Villen und Gärten und ihren adretten Jungs, die aufs Gymnasium gingen wie du.
Du hast dich für die Bergstadt entschieden. Natürlich. Aber niemand hat uns gesagt, daß hier Überflüssiges entschieden wurde. Das war auch keine Entscheidung, das war Diebstahl. Ein Teil unserer Entwicklung, unserer Möglichkeiten wurde brutal amputiert. Damit diese ganze Ordnung, die eine Un-Ordnung war, keinen Schaden litt.
Ich träume nach, was uns entgangen ist: Fühlen. Berühren. Weggleiten. Fortfliegen. Den Taumel teilen. — Es wäre viel möglich gewesen.
Lange Zeit habe ich mich an die Hoffnung geklammert, es könn-

te irgendwie einen Schleichweg zu dir zurück geben. Ungeheuer tüchtig, erfolgreich wollte ich sein; eine berühmte Politikerin oder Schriftstellerin werden. So berühmt, daß es dir unmöglich sein würde, meinen Namen zu übersehen. Statt dessen lähmte mich bald der Zweifel, ob meine Fähigkeiten dafür ausreichen würden. Nur mühsam kroch ich aus der Talstadt, die du mit einem Flügelschlag verlassen hattest, und alle meine Kräfte brauchte ich für das, was andere dir hinterherwarfen. — Dann bist du fortgezogen aus unserer Stadt, aus der nächsten bald wieder, und plötzlich hatte ich deine Spur verloren. Alles Nachfragen war umsonst. Du bliebst verschwunden.
Irgendwann gab ich es auf, dich zu suchen wie man einen Regenschirm sucht. Eine andere Idee hatte sich bei mir eingenistet. Ich hoffte, deinen Namen einmal unter denen zu sehen, die einen Nobelpreis erhielten. Das war immer dein Ziel gewesen. Für Erfolge bei der Krebsbekämpfung. Erinnerst du dich noch? Dir hatte ich es zugetraut, auch als Frau.
Nachdem ich mir auch diese Hoffnung als unsinnig ausgeredet hatte, kam die vielleicht gefährlichste und hoffnungsloseste Spielart meines Suchens: Ich suchte dich — ich suche dich noch — in anderen. Ich sehe in braune Augen, verliere mich, merke nicht, daß meine Sehnsucht dir gilt, tue mir, dir, den braunen Augen unrecht. Ich streichle über braune Haut, braune Haare, tue wieder unrecht, denn du bist gemeint, aber niemand weiß das, auch ich nicht. Ich betrüge dich, die Menschen, die mich an dich erinnern, mich selbst.
Ich möchte aufhören mit dem Betrug. Aber ich kann nicht. Ich werde diese Trauer um dich nicht los. Vielleicht ist sie längst ein Teil von mir. Vielleicht kann ich ohne sie gar nicht mehr leben. Wenn das so ist, werde ich eben bis an mein Lebensende dein

Bild mit mir rumschleppen. Es wird mit der Zeit noch mehr Raum einnehmen, zerfließen, unschärfer werden, auf mehr Menschen zutreffen, mehr Verwirrung stiften, Tatsachen vernebeln. Bis es sich eines Tages doch auflöst. An meinem Todestag? Vielleicht. Vielleicht auch nicht.

Angela Geratsch

Ruthchen

Meine Freundin kommt mich besuchen, meine liebe Freundin Ruthchen. Wir kennen uns eine Ewigkeit.
Als wir meinten, jetzt ist es an der Zeit, Brüste zu bekommen, prüften wir unsere Körper gegenseitig. In der Badeanstalt unter der Dusche zählten wir unsere ersten Härchen. Hinterher ging's dann in die Milchbar, wo wir jede Veränderung mit einem riesigen Erdbeershake feierten. Wir lachten, kicherten, fielen uns einfach um den Hals und waren glücklich. Klar, Streit gab's auch, aber lange konnten wir es nicht aushalten ohne die andere. Dann schoben wir uns in der Schule Zettelchen zu, auf denen stand, daß uns alles schrecklich leid tut, wickelten kleine Geschenke in Butterbrotpapier; sie waren dann ganz fettig und klebrig, wir wieder versöhnt.
Mit vierzehn war Ruthchen schon ziemlich entwickelt, wogegen bei mir nur die Erbse auf dem Brett saß. Ich durfte ihre Brust befühlen, was uns beiden Spaß machte. Wir waren unzertrennlich die ganzen Jahre über, sahen uns zwar nicht mehr so oft wie in der Schule; sie ging in die Handelsschule, ich machte eine Lehre in einem Damenmodengeschäft, aber am Wochenende ging's in die Tanzschuppen. Vorher donnerten wir uns stundenlang auf. Mit gepuderten Nylonstrümpfen, schwarzumrandeten Augen und penatencremebeschmierten Lippen sahen wir eher aus wie Frankensteins Bräute. Wir fanden uns wunderschön — wir waren anti. Nach dem ersten Joint war uns erst einmal richtig schlecht.
Die Jahre vergingen, wir trafen uns regelmäßig, sie war immer noch meine beste Freundin. Dann ist sie vor zwei Jahren nach Berlin gezogen, ganz plötzlich, — sie müsse unbedingt mal raus aus Bochum — und hat sich die ganze Zeit über nicht gemeldet.
Jetzt kommt Ruthchen zurück, ich werde immer aufgeregter.

»Oh Gott, was ich ihr alles zu erzählen hab'!« »Was sie wohl von der Romanze mit dem jungen Musiker hält?« »Ob ich schon mal den Sekt ins Eisfach legen soll?«
»Wieviel Uhr ist es eigentlich?« Ich rufe die Zeitansage an, es meldet sich die Telephonseelsorge. Dann weiß ich es endlich — in fünfzehn Minuten wird sie hier sein — renne zum xten Mal aufs Klo.
Hilfe, es klingelt! Ich reiße die Tür auf. »Rut....« weiter komme ich nicht. »Nein, das gibt's doch nicht!« Deshalb mußte sie so plötzlich weg, deshalb hat sie sich zwei Jahre nicht gemeldet. Ruthchen ist jetzt ein Mann. Dann können wir nicht mehr an uns halten, brechen in ein lautes Gelächter aus und fallen einander in die Arme. Meine Augen glänzen vor Entdeckungsfreude.

Dagmar Rössing

Freundinnen

Frau Aßmann und Herr Werner begegnen sich auf der Straße, beide schieben einen Kinderwagen. Elke hat gerade ihren Schnuller ausgespuckt und schreit.
»Ist ja gut, Elke«, sagt Herr Werner irritiert und errötet leicht. »Dir fehlt doch nichts!« Er hebt den Schnuller vom Boden auf und macht ihn sauber.
Fast unmerklich wiegt Frau Aßmann anerkennend den Kopf. Sie vermeidet das heikle Thema, während sie mit Herrn Werner Alltäglichkeiten austauscht. Die ganze Straße weiß Bescheid, aber darüber redet man nicht. Seine Frau ist weggelaufen.
»Zahnt Ihre Elke auch schon?« fragt Frau Aßmann stolz. »Unsere Margot hat schon vier Zähne.«
Herr Werner schüttelt betreten den Kopf und wirft einen mißbilligenden Blick auf seine winzige Tochter.
Margot hat gerade die bunten Kugeln an Elkes Kinderwagen entdeckt, sie öffnet ihren Mund und lacht.
»Sehen Sie?« sagt Frau Aßmann.
Margot spielt mit den Kugeln und freut sich über das klöternde Geräusch.
»Pfui, Margot, das tut man nicht«, schilt Frau Aßmann. »Das ist nicht dein Kinderwagen! Böses Kind.«
Sie schiebt Margot ein Stück von Elke weg, Margot kann die bunten Kugeln nicht mehr erreichen und fängt an zu kreischen.
»Hier hast du einen Keks, nun sei aber lieb. Möchte Ihre Elke auch einen Keks?«
Herr Werner verneint. »Sie bekommt gleich ihren Brei, vorher gibt es keine Extras. Es muß alles seine Ordnung haben.«
»Das ist wahr«, sagt Frau Aßmann. »Ihre Elke ist ja auch so adrett.«

Herr Werner verabschiedet sich formvollendet mit einem steifen Diener.
Ich werde schon dafür sorgen, daß aus ihr etwas wird, denkt er grimmig.

Das alte Kopfsteinpflaster des Marktplatzes glänzt naß in der Dunkelheit. Margot rutscht aus und fällt. Wozu aufstehen, denkt sie, wozu.
Hinter sich hört sie Schritte auf dem Pflaster, sie erhebt sich und geht schnell weiter.
»Margot!« ruft eine Stimme hinter ihr, »Margot, warte doch!«
»Elke, wie kommst du denn ausgerechnet jetzt hierher?«
»Dicke Luft zu Hause. Ich darf zwar im Dunkeln nicht raus, aber ich bin einfach gegangen.«
»Ich auch«, sagt Margot mit einem tiefen Seufzer, »ich hab' gar keine Lust mehr, nach Hause zu gehen.«
Sie schlendern untergehakt an der Kirche vorbei über die Wiese zu ihrem alten Spielplatz.
»Ich brauch bald nicht mehr. Du, ich kann bei unserer Pastorin wohnen. Umsonst.«
»Du hast es gut«, sagt Margot und schluckt. »Aber dein Vater, erlaubt er das denn? Du bist doch erst sechzehn?«
»Er hat noch keine Ahnung, aber sie wird mit ihm reden. Er wird es schon einsehen, er hält es mit mir ja auch nicht aus.«
Margot seufzt wieder tief. »Wenn ich wenigstens in der Schule gut wäre, so wie du.«
Elke denkt einen Moment nach, bevor sie antwortet. »Ich schufte ja auch unheimlich dafür. Wenn du das tätest, könntest du auch bessere Arbeiten schreiben.«
Margot winkt ab. »Keine Lust. Aber du mußt auf jeden Fall

ausziehen«, sagt sie eindringlich. »Und geh' bloß nicht wieder zurück, wenn du einmal weg bist. Nie. Ich darf überhaupt keine Freunde mit nach Hause bringen.«
»Ich doch auch nicht. Das ist kein Umgang für dich, sagt er immer. Dabei ist er nur eifersüchtig.«

Elke kommt schwungvoll ins Zimmer, angezogen.
»Guten Morgen, du Langschläferin, ich hab' schon Frühstück gemacht. Kommst du?«
»Ich bin noch so müde«, murmelt Margot.
»Das vergeht beim Radfahren«, tröstet Martin sie.
Unten entdecken sie, daß die Kette von Margots Fahrrad abgegangen ist.
»Das haben wir gleich.« Martin kniet sich auf das Pflaster, zieht nach einiger Mühe und Veränderung der Gangschaltung die Kette über die Zahnräder.
Margot und Elke sehen zu.
Sie radeln aus der Stadt, und von da an geht es bergauf. Von den Hügeln weht ein scharfer Wind. Vorneweg fährt Elke, dahinter strampelt Margot gegen den Wind an, stemmt sich in die Pedale, beugt sich tief nach vorne. Sie versucht angestrengt, dicht hinter Elke zu bleiben. Martin überholt sie.
»Willst du mein Fahrrad?«
Margot nickt außer Atem.

Es ist so spät geworden, daß Margot nicht mehr nach Hause fährt. Sie macht mit Elke das Bett für drei, aber Martin kommt nicht. Er hat sich sein Bett im Wohnzimmer gemacht.
»Ich will dich nicht verscheuchen«, sagt Margot zu ihm.

»Das tust du nicht. Ich will euch nicht stören, und ich schlafe auch ganz gern mal allein.«
Margot streckt ihren Fuß unter Elkes Bettdecke.
»Ist der schön warm«, sagt Elke und gähnt, »ich bin ja sooo müde. Du auch?«
Als Antwort streichelt Margot sanft die Haare von Elke, die einen Blick zum Wecker wirft.

»Ja«, klingt Elkes verschlafene Stimme, »wer ist denn dran?«
»Ich bin's.«
»Ach du«, grummelt Elke, »mußt du denn so früh anrufen? Ich brauch doch erst ... warte mal ... in zwanzig Minuten aufzustehen.«
»Ich erwische dich sonst nicht. Wo steckst du andauernd? Ich bin schon 'ne Woche zurück und will dich endlich sehen!«
»Das geht durch's Telefonkabel nicht«, kichert Elke.
»Eben drum. Also heute abend?«

Elke sieht auf die Uhr. »Ich werde mir noch ein Glas von diesem köstlichen Wein genehmigen. Du auch?« Auf Margots Nicken schenkt sie die Gläser voll.
»Es ist schon reichlich kalt«, sagt sie dann, während sie näher an Margot heranrückt.
Margot holt die Decke vom anderen Sofaende und wickelt sie um beide herum. »So besser?«
»Viel besser«, sagt Elke und legt ihren Kopf in Margots Schoß.
Margot kann nicht anders. Sie streicht Elkes Haar von der Wange immer wieder, fährt an ihrem Ohr entlang, spielt mit den Fingerspitzen auf ihrem Nacken.
»Das ist schön«, sagt Elke zufrieden.

Margot legt sich hinter sie, küßt ihren Hals, ihr Gesicht. Ihre Hand tastet sich am Hals entlang nach vorne. Sie schließt die Augen. Schwarze Torbögen von Venedig, halbhoch das faulige Wasser, das glucksend von den grünglitschigen Säulen zurückschlägt.
Elke schiebt wie unbeabsichtigt ihre Hand weg. Nein, überfallen wird sie sie nicht. Elke. Jetzt oder nie.
Margot streichelt ihre Schultern, Brust, Bauch, Oberschenkel. Drückt ihren Körper an Elkes Rücken, bedeckt Stirn, Hals, Wangen mit Küssen. Elke, gib mir ein Zeichen bitte.
Elke windet sich langsam aus Margots Umarmung. »Ich muß jetzt gehen. Ich hab' Martin versprochen, heute nacht nach Hause zu kommen. Bis zur Fête am Sonnabend«, sagt Elke und preßt einen Kuß auf Margots starre Lippen.

Auf dem Fest — da, Elkes Rücken. Margot hält ihr die Augen zu.
»Huch«, sagt Elke, »mit wem habe ich die Ehre?«
»Ich bin dein schlechtes Gewissen.«
Elke dreht sich um und umfaßt Margots Hüfte. »Wieso denn das? Was habe ich verbrochen?«
»Nichts. Ich weiß nicht«, sagt Margot. »Dann bin ich eben dein böser Geist.«
»Wenn schon Geist, dann ...«
»Quälgeist.«
Margot macht sich los und deutet auf ihr leeres Glas. »Ich wollte mir gerade Wein holen.«
Im Flur stößt sie mit Martin zusammen. Wie beiläufig fragt sie: »Sag' mal, warst du böse, daß Elke die Nacht so spät nach Hause gekommen ist?«

»Wie?«
»Als sie letzte Woche bei mir war.«
»Ach so. Nein. Ich hatte gar nicht damit gerechnet, daß sie kommt.«
»Wart ihr nicht verabredet?«
»Ach i wo. Ich hab' schon geschlafen, als sie kam.«

Elke sitzt auf dem Sofa und strickt, Margot am anderen Ende des Zimmers und raucht.
»Warum hast du mir nie gesagt, daß du nicht mit mir schlafen willst?«
»Mensch! Jetzt habe ich eine Masche verloren!«
Margot ist eine Sekunde lang sprachlos, dann lacht sie wütend.
»Leg doch dieses verdammte Strickzeug weg! Kannst du mich nicht wenigstens ansehen? Bin ich dir denn so egal?«
Elke blickt kurz auf. »Natürlich bist du mir wichtig. Aber den Pullover will ich noch für den Urlaub fertig machen, das ist mir auch wichtig. Das mußt du doch einsehen.«
»Nein.«
Das Nein liegt erdrückend im Raum, während Elke die verlorene Masche aufnimmt und weiterstrickt.

Heidelore Kluge

Margareta

Wenn Margareta und ich uns begegnen — nie mehr allein jetzt, immer in Gegenwart Dritter — sehen wir aneinander vorbei wie zwei Fremde. Nur die allernotwendigsten Worte werden zwischen uns gewechselt — Gleichgültiges, Belangloses, sonst nichts. Auf ein Gespräch lasse ich mich nicht ein. Ich fürchte die Nähe, die dabei entsteht, denn ich weiß, daß ich dieser Nähe nicht gewachsen bin.

Ich war tatsächlich ein wenig stolz auf Norbert gewesen, als er mir mitteilte, daß ihm der Direktorenposten für die Vereinigten Edelstahlwerke angetragen worden sei. Für mich würde der Umzug in eine andere Stadt zumindest eine Abwechslung bedeuten und — wer weiß? — vielleicht traf man am neuen Ort ja auch einmal Menschen, die einen nicht mit Plattheiten und Gemeinplätzen zu Tode langweilten.
Der offizielle Empfang, den die Geschäftsleitung für Norbert gab, damit er seine künftigen Mitarbeiter kennenlernen konnte, vermittelte mir allerdings den Eindruck, als wäre ich vom Regen geradewegs in die Traufe geraten. Hier wie dort fand ich die gleichen blasierten Gesichter, die gleichen stereotypen Redensarten, die gleiche gähnende Langeweile — jedenfalls bei den Leuten, mit denen man nähere Bekanntschaft schließen konnte. Denn darin war Norbert unerbittlich: daß wir nur die *richtigen* Leute in unseren Kreis zogen. Ihm machte es offensichtlich nichts aus, mit diesen Menschen zusammen zu sein. Aber für Norbert existierte ohnehin nur seine Arbeit. Was darüber hinausging, nahm er lediglich am Rande wahr.
Manchmal stellte ich mir vor, daß ich auf- und davonginge, daß ich wieder in meinem Beruf als Kindergärtnerin arbeiten und mir ein eigenes Leben aufbauen würde. Ein Leben, das mir nicht

sinn- und nutzlos zwischen den Fingern zerrann. Mich von Norbert zu trennen würde mir nicht schwerfallen. Wir waren in all den Jahren immer gut miteinander ausgekommen, aber uns verband weder Liebe noch wirkliche Freundschaft.
Nach und nach luden wir die wichtigsten Mitarbeiter Norberts zu uns nach Hause ein. Als Norbert mir ankündigte, daß Ingo und Margareta Nordmann uns besuchen würden, war ich überrascht. Dr. Nordmann war Abteilungsleiter bei den Edelstahlwerken, und ich erinnerte mich deshalb so gut an ihn, weil er zu dem Begrüßungsempfang allein erschienen war.
»Ich wußte gar nicht, daß er verheiratet ist...«
»Doch, doch. Seine Frau hatte sich nur entschuldigen lassen. Sie war krank, wenn ich mich recht erinnere.«
Margareta Nordmann gefiel mir auf den ersten Blick. Sie war ganz anders als die Frauen, mit denen ich sonst zusammenkam — viel lebendiger und auch viel herzlicher. Und sie konnte lachen, wie ich seit langem keinen Menschen mehr hatte lachen hören.
»Es tut mir leid, daß Sie krank waren«, sagte ich, als wir bei den Cocktails saßen.
»Aber ich war nicht wirklich krank. Ich kann nur diese hochoffiziellen Anlässe nicht ausstehen. Ich wäre gekommen, wenn ich gewußt hätte, daß Sie so nett sind.« Sie legte mir die Hand auf den Arm. »Sind Sie mir böse?«
»Natürlich nicht. Sie haben ja auch recht mit den ›hochoffiziellen Anlässen‹.«
Sie lachte erleichtert und zog ihre Hand zurück. Schade, dachte ich, und fragte mich im gleichen Augenblick, warum ich das Ende dieser Berührung bedauerte.
Später am Abend kam unser Gespräch auf Kleider. Ich versuch-

te, ihr ein Strandkleid zu beschreiben, das ich mir kürzlich in Florenz gekauft hatte.
»Möchten Sie mir das Kleid nicht zeigen?« fragte sie. »Ich würde es sehr gerne sehen.«
Wir entschuldigten uns bei den Männern und gingen hinauf in mein Schlafzimmer. Ich nahm das Kleid aus dem Schrank und zeigte es ihr.
»Sehr schick! Darf ich es einmal anprobieren?«
Schon hatte sie ihr Kleid abgestreift. Sie trug nichts darunter. Ich wußte nicht, wo ich hinsehen sollte und spürte, wie ich rot wurde. Margareta schien meine Verlegenheit nicht zu bemerken. Sie schlüpfte in das Strandkleid und drehte sich vor dem Spiegel hin und her.
»Wirklich sehr schick«, sagte sie dann noch einmal. »Aber ich glaube, Ihnen steht dieses Kleid noch viel besser. Ziehen Sie es einmal an?«
Als ich mich auszog, empfand ich etwas, was ich in der Gegenwart eines Mannes noch nie gespürt hatte: eine Erregung, die sich nicht auf meine Sinne beschränkte, sondern mein ganzes Sein zu erfassen schien. Margareta wandte den Blick nicht ab, sondern musterte mich neugierig.
»Oh, Sie haben bestimmt nie Sorgen mit Ihrer Figur!« rief sie lachend aus.
Ich murmelte etwas vor mich hin, von dem ich selbst nicht recht wußte, was es heißen sollte. Dann standen wir nebeneinander vor dem Spiegel, stumm uns betrachtend, bis unsere Blicke sich verfingen und wir uns einander zuwandten. Ich sah in Margaretas Augen und mir war, als fiele ich in eine schwarze Tiefe. Es war kein Angstgefühl, das ich dabei empfand, eher ein Gefühl von Sicherheit, fast von — Geborgenheit. Wie von selbst berühr-

te meine Hand ihr Gesicht, strich sachte über ihr Haar und ihre Schulter, ihren Blick dabei nicht loslassend. Margareta stand nur da und lächelte, und schließlich sagte sie:
»Ich glaube, wir sollten wieder zu den Männern gehen.«
Dann umarmte sie mich und küßte mich auf die Stirn.
Wenige Minuten später saßen wir wieder im Wohnzimmer, nippten an unseren Gläsern und machten Konversation, als wenn nichts gewesen wäre. Dabei hatte sich — für mich jedenfalls — die ganze Welt verändert, die mir noch vor kurzem grau und trostlos erschienen war. Jetzt war es anders, etwas in mir war in Bewegung gekommen. Jetzt spürte ich wieder meinen Atem, meinen Herzschlag, meine Haut...
»Wollen wir morgen miteinander Tennis spielen?« fragte ich Margareta, als wir uns verabschiedeten.
»Sehr gern«, sagte sie und lächelte förmlich.
Aber ihr Händedruck sagte mir, daß sie unserer Begegnung genauso ungeduldig entgegensah wie ich.
In dieser Nacht lag ich lange wach. Ich wollte nicht schlafen. Ich wollte an Margareta denken. Immer wieder ließ ich in Gedanken den Abend an mir vorüberziehen, sah immer wieder Margareta vor mir — lächelnd und nackt — und hörte immer wieder ihre Stimme. So ganz erfüllt war ich von diesen Gedanken, daß anderes daneben keinen Platz hatte — weder die Überlegung, wie sich diese Beziehung weiter gestalten sollte noch die Vorstellung, daß ich für Margareta Nordmann etwas empfand, das durchaus nicht den Normen entsprach. Die Männer, die es in meinem Leben gegeben hatte, hatten möglicherweise meinem Selbstgefühl geschmeichelt, sie hatten mich erregt und mir allenfalls (und auch nur selten) ein gelindes Herzklopfen verursacht. Aber immer waren diese Gefühle an der Oberfläche geblieben,

hatten mich im Grunde kalt und unbewegt gelassen. Bis heute — denn als ich Margaretas Blick begegnete, war ich mir selbst begegnet, hatte ich mich selbst gespürt. Ich freute mich auf den nächsten Tag, auf Margareta, auf das Leben. Es war lange her, daß ich mich auf etwas gefreut hatte ...

Margareta gewann eine Partie nach der anderen. Sie war schneller als ich und auch ausdauernder. Eigentlich bin ich ein schlechter Verlierer — nicht nur beim Tennis. Jetzt freute ich mich darüber, daß ein anderer Mensch mir überlegen war. Aber als wir dann auf der Sonnenterrasse des Clubs saßen und eisgekühlten Orangensaft tranken, geriet unser Gespräch immer wieder ins Stocken. Von der Leichtigkeit des vergangenen Abends war nichts mehr vorhanden. Auch wurde der Abend mit keinem Wort erwähnt, obwohl ich kaum an etwas anderes denken konnte. Margareta machte einen nervösen Eindruck. Von ihrer Selbstsicherheit, die mich so beeindruckt hatte, war nichts mehr zu spüren. Sie mied meinen Blick und zuckte zurück, wenn wir uns zufällig berührten. Eine tiefe Traurigkeit stieg in mir auf. Auf dem Parkplatz trennten wir uns, ohne uns anzusehen und ohne ein neues Treffen zu verabreden.
Langsam fuhr ich nach Hause. Tränen liefen über mein Gesicht. Wann hatte ich zuletzt einen solchen Schmerz empfunden? Aber was hatte ich denn auch erwartet? Wahrscheinlich bedeutete Margareta der gestrige Abend gar nichts, und es war nur die Laune eines Augenblicks gewesen, als sie mich küßte. Ohnehin war dieser Kuß sicherlich anders gemeint gewesen, als ich ihn aufgefaßt hatte — weiter nichts als eine nette kleine Geste und noch nicht einmal jenseits der Konvention. Wie kam ich nur dazu, daraus gleich eine herzergreifende Romanze zu konstruieren

... Und dann — was sollte es denn überhaupt heißen, daß ich mich so zu einer Frau hingezogen fühlte? Aber wie ich es auch drehte und wendete — die Heftigkeit meiner Gefühle ließ keinen Zweifel daran: ich liebte Margareta.
Ich weinte noch immer, als ich zu Hause ankam. Vielleicht war es mehr als alles andere die enttäuschte Erwartung, die mich so sehr schmerzte. Die erste Begegnung mit Margareta hatte mich aus einer jahrelangen Erstarrung wieder zum Leben erweckt, und ich hatte mir erhofft, dieses Leben nun auf irgendeine Weise zu ihr in Beziehung zu setzen ... Wie eine Schlafwandlerin ging ich hinauf in mein Zimmer, stellte mich vor den hohen Wandspiegel, legte langsam mein Kleid ab, starrte wie hypnotisiert in das Glas. Aber da war nur mein eigenes Bild, ich war allein, ganz allein ...
»Margareta«, flüsterte ich, »Margareta ...!«
Es klingelte. Hastig — als fühlte ich mich ertappt — warf ich mein Kleid über, stolperte die Treppe hinunter, öffnete die Tür.
»Margareta!«
Ich zog sie in den Flur. Weinend umarmten wir uns.
»Ich bin dir nachgelaufen«, flüsterte sie. »Ich wollte es wissen, ob da denn nichts gewesen ist zwischen uns beiden.«
Margareta und ich sahen uns fast täglich. Eine solche Übereinstimmung herrschte zwischen uns, daß es mir oft die Tränen in die Augen trieb. All die kleinen Gesten und Regungen, die offenbar viel zu subtil waren, als daß ein Mann sie überhaupt wahrnehmen konnte, verstanden wir aneinander und reagierten prompt darauf wie zwei hochempfindliche Instrumente. Ein Streicheln von Margaretas Hand konnte ein tieferes Entzücken in mir hervorrufen als es jemals die leidenschaftlichste Umarmung eines Mannes vermocht hatte. Durch die Liebe zu Margareta

hatte ich auch mich selber lieben und akzeptieren gelernt. Ich wollte für sie gar nicht anders sein als ich war, wollte nicht glänzen vor ihr, nicht von ihr bewundert werden. Es war nicht nötig, eine Rolle zu spielen aus Angst, ihr so, wie ich war, nicht genug zu sein.

Wir waren in meinem Zimmer, dem einzigen Raum in unserem Haus, der Margareta gefiel.
»Weil es der einzige Raum ist, der deinem Wesen entspricht«, meinte sie. »Alles andere — das bist doch nicht du!«
Natürlich hatte sie recht. Auch ich hatte mich zwischen den nur auf Repräsentation ausgerichteten — selbstverständlich von Norbert ausgesuchten — Möbeln nie besonders wohl gefühlt und war mir inmitten all der kalten Pracht mitunter selbst wie ein Stück Dekoration vorgekommen.
Wie an jenem ersten Abend standen wir vor dem hohen Spiegel. Margareta wandte sich mir zu und legte leicht ihren Kopf gegen meine Schulter.
»Ich liebe dich«, sagte sie.
»Ich liebe dich auch, Margareta. Immer und immer und immer.«
Unten fiel eine Tür ins Schloß. Ich hörte schnelle Schritte auf der Treppe, dann wurde die Schlafzimmertür aufgerissen. Norbert stand dort, das Gesicht weiß vor Wut.
»Also doch! Ich habe es geahnt...!« stieß er hervor.
»Norbert... laß dir erklären... es ist alles ganz anders...«
Meine Zunge wollte mir nicht gehorchen. Ich trat einen Schritt auf ihn zu, faßte ihn am Ärmel. Aber er schüttelte mich ab.
»Zieh dich an«, sagte er, ohne mich anzusehen. »Und Sie auch, Frau Nordmann. Und dann gehen Sie. Betreten Sie nie wieder mein Haus.«

Stumm, aber ohne Verlegenheit schlüpfte Margareta in ihr Kleid. Hilflos und wie gelähmt stand ich dabei und wußte: ich müßte jetzt etwas sagen, müßte handeln, müßte für mich und Margareta eintreten. Aber ich konnte es nicht. Als sie mich zum Abschied küßte, wandte ich meinen Blick ab. Mit hoch erhobenem Kopf ging sie an Norbert vorbei aus meinem Zimmer und aus meinem Leben. Meine Hände zitterten so sehr, daß ich kaum meine Bluse zuknöpfen konnte. Als ich endlich fertig war, sagte Norbert mit schneidender Stimme:
»Wenn du wenigstens noch den Anstand besessen hättest, dir einen Liebhaber zu nehmen. Aber eine Frau — pfui Teufel!«
Er schüttelte sich angewidert und ließ mich allein.
Es dauerte eine Weile, bis ich den Schrecken über Norberts unerwartetes Eindringen überwunden hatte. Dann aber betrat ich mit geradem Rücken sein Arbeitszimmer. Er saß am Schreibtisch, den Blick auf die Tür gerichtet.
»Nun?«
»Margareta und ich«, setzte ich an. »Wir...«
»Ja?«
»Wir...«
Plötzlich hatte ich den Mut verloren. Wie sollte ich Norbert jemals erklären, was Margareta mir bedeutete?
»Ich werde Margareta nicht aufgeben«, sagte ich schließlich lahm.
»Wenn du gehen willst, kann ich dich nicht halten.« Norberts Stimme klang ruhig. »Aber du kannst nicht von mir erwarten, daß ich ruhig zuschaue, wie du es unter meinem eigenen Dach mit einer Frau treibst.«
Seine rüde Ausdrucksweise ließ mich zusammenzucken.
»Gut, dann gehe ich eben!« rief ich hitzig und wandte mich zur Tür.

»Wie du willst. Aber glaubst du wirklich, daß du der Mittelmäßigkeit standhalten wirst, die dich zwangsläufig erwartet? Was glaubst du, wie lange dich das Lächeln deiner — Freundin für die billigen Kaufhausfähnchen entschädigt, die du statt deiner Modellkleider tragen wirst? Wie wirst du es ertragen, zwischen Möbeln zu leben, die du in tausendfacher Ausfertigung in jedem Kaufhaus siehst? Und wie wirst du zurechtkommen ohne deine Kosmetikerin, deine Haushaltshilfe, deine Zugehfrau, deinen teuren Tennislehrer, dein fast unbegrenztes Bankkonto?«
»Die meisten Menschen kommen auch ohne diese Dinge zurecht!« brauste ich auf.
Norbert zuckte die Achseln. Sein Gesicht blieb unbewegt.
»Die sind es nicht anders gewöhnt.«
»Aber Geld und gesellschaftliche Stellung sind doch nicht alles! Es gibt doch andere, wichtigere Dinge ...«
Norberts Mund verzog sich zu einem Lächeln, das mir fast mitleidig zu sein schien.
»Ach, Marion! Das mag vielleicht für andere gelten, aber doch nicht für dich. Du hast einfach nicht die Persönlichkeit für so etwas. Jetzt bist du jemand — allein dadurch, daß du meine Frau bist. Aber wenn du mich verläßt, wirst du nur ein kleiner Niemand sein.«
Ich war außer mir vor Wut.
»Ich hasse dich!« schrie ich und lief aus dem Zimmer, um ihn nicht auch noch meine Tränen sehen zu lassen.
Ja — ich haßte Norbert, denn er hatte mit seinen Worten die Wahrheit getroffen.
Eine halbe Stunde später wählte ich Margaretas Nummer. Sie machte es mir leicht. Vielleicht hätte sie mich überreden können, meinen Entschluß zurückzunehmen. Es hätte sicherlich nicht viel

gebraucht, mich schwankend zu machen. Sie war ja schon einmal zu mir gekommen, als ich nicht mutig genug war, zu mir selbst zu stehen. Ich hatte befürchtet, daß Margareta es noch einmal versuchen würde. Ich hatte es befürchtet und — ich hatte es erhofft. Aber diesmal wartete ich vergebens. Das Glück gibt einem wohl nur eine einzige Chance, und die hatte ich verspielt.

Wenn Margareta und ich uns begegnen, was sich in unseren Kreisen nicht immer vermeiden läßt, sehe ich an ihr vorbei. Ich habe Angst, daß mein Blick sich in ihrem fängt, denn niemals mehr kann ich vor der schwarzen Tiefe ihrer Augen bestehen. Ich könnte den Vorwurf nicht ertragen, den ich dort erblicken würde — den Vorwurf, daß ich nicht nur Margareta verraten habe, sondern auch mich selbst.

Renée Zucker

Ode an die Freundin

Meine liebste Freundin heißt immer wieder anders. Telefoniere ich mit Heidi, Gabi oder Tatjana, ist es Heidi, Gabi oder Tatjana — verbringe ich den Abend mit Doro, Gesine oder Annelie, ist es Doro, Gesine oder Annelie. Manchmal auch Sony tmc-3. Das ist die geduldigste, treueste, die ich am meisten ausbeute, aber dafür wurde sie schließlich auch gebaut.
Meine unerträglichste Freundin hat allerdings nur einen Namen: Mokiki. Mokiki ist alt und jung, schön und häßlich, zärtlich und brutal, zuverlässig und treulos, besitzergreifend und verräterisch, sehnsüchtig und raffgierig, traurig und spitzzüngig, rechthaberisch und großherzig, entspannend und anstrengend. Niemals langweilig. Ich liebe sie, habe sie immer geliebt, werde sie auch weiter lieben, aber das nur in der Erinnerung, in Gesprächen mit meinen anderen liebsten Freundinnen über sie. Dabei ist mir häufig so, als spräche ich von mir.
Eine Frau, die ich nicht leiden kann, sagte einmal über sie: »sie hat keine Würde«. Genau! Das ist so großartig an ihr. Würde hat immer den Beigeschmack von Alter, und das Alter, sie ist nämlich auch meine »älteste« Freundin, ignoriert sie. Frech und hemmungslos. Aber das Alter läßt sich nicht einfach ignorieren, straft die Ignoranz mit Magenbeschwerden, Migräne und unkontrollierten Wutgefühlen.
Ihre erdrückende Liebe treibt mir Schmerz in den Bauch und Tränen in die Augen, offenes Glück ins Herz. Ruhige Heiterkeit ist fast nie möglich mit ihr, dafür ist sie zu ungeschickt. Ich manchmal auch, aber ich habe noch Chancen, ich bin jünger. Sie denkt, ich sei so wie sie. Das stimmt nicht. Das stimmt doch. Ich will aber nicht so sein. Ich will nicht so unverschämt fordern, nicht so maßlos zuviel verteilen, nicht so gnadenlos um mich schlagen. In ratlosen Situationen passiert es mir aber doch hin

und wieder. Dann fühle ich mich sehr mit ihr verbunden.
Manchmal seh ich ein Bild von ihr oder lese etwas über sie. Das tut mir weh, weil ich denke, die kennen sie doch gar nicht, in Wirklichkeit sieht sie doch viel schöner aus — oder wie die sie beschreiben — sie ist doch noch viel mehr...
Einmal habe ich von ihr geträumt: Die Russen sind in Berlin einmarschiert. Wir sind mit mehreren Leuten zusammen und müssen flüchten. Alle sind traurig und ganz still. Plötzlich stampft Mokiki mit dem Fuß auf und schreit mit dem letzten Rest ihrer frechen, verzweifelten Kraft: »Ach nö! Mein liebes Berlin, verdammte Scheiße, ich will hier nicht weg!« Wir müssen alle lachen, sind erleichtert, nur noch damit beschäftigt, sie zu trösten und haben die Russen völlig vergessen und unsere eigene Furcht und Trauer.
Das kann sie: Situationen bestimmen und verändern, zum Schönen wie zum Schrecklichen. Wie es ihr gefällt. Unsere Beziehung bestand aus permanentem und leidenschaftlichem Beisammensein, in schönster Regelmäßigkeit von Krächen unterbrochen, die immer fast genau ein Jahr andauerten. Das Schöne an diesen Krächen ist, wie wir uns währenddessen immer sehr interessiert bei Leuten nach dem Befinden der anderen erkundigen und beruhigt sind, wenn es uns gut geht. Auch ohne uns. Nach einem Streit bin ich, nicht zuletzt wegen ihr, aus Berlin fortgezogen.
Ich bin für eine Woche in der Stadt, gehe in die ‚Osteria‘, sehe sie an einem Tisch sitzen, will mich unauffällig verschleichen. Aber da hat sie mich schon mit sicherem Blick erspäht, schreit: »Bleib bloß hier, du alte Schrippe! Morgen hätte ich dir sowieso geschrieben, gerade haben wir von dir gesprochen. Rauch jetzt sofort 'n Joint mit mir!« Trotz meiner Verlegenheit muß ich ki-

chern: immer muß sie das Sagen haben! Ich ziehe, ordentlich, bin immer noch verklemmt, mir wird auf einmal ganz schlecht.
Bei dem vergeblichen Versuch, eine andere Freundin anzurufen, die mich abholen soll, falle ich vor der Theke in Ohnmacht — wunderbarerweise in die köstlich weichen Arme eines Schwarzen. Wo der bloß auf die Schnelle herkam? Dann bin ich erst mal ausgeschaltet, leider nicht lange genug, um die peinliche Situation noch eine Weile hinauszuschieben. »Das ist überhaupt nichts Besonderes«, kräht Mokiki durch die ganze Kneipe, »das kommt von unserm hervorragenden Dope. Da werden die Leute ganz merkwürdig«, und einem neben ihr stehenden jungen Mann erzählt sie einige der Reaktionen. Ich versuche aufzustehn, geht nicht, die Knie sind wie Butter. »Komm, ich bring dich nach Hause oder solln wir noch woanders hingehen?« Ich kann nur den Kopf schütteln, und fröhlich plaudernd bringt sie mich zu ihrem Auto, erzählt mir auf der Fahrt, wie sie von dem Kraut mal einen Abend mit zappelnden Beinen auf dem Bett verbrachte, schüttelt sich vor Lachen noch in der Erinnerung daran — »aber morgen hol ich dich ab, und dann machen wir was zusammen, meine Kleene — is det schön, daß du wieder da bist« und sie legt eine Hand auf mein Bein.
Soll ich weinen oder kotzen, meine Liebste, ich finde es auch wunderbar, wieder neben dir im Auto zu sitzen, auch wenn ich es dir nicht sagen kann, weil mir so schwindelig ist.
Nach einem der diversen Ein-Jahres-Kräche schrieb ich ihr einen Brief. Daß ich jeden Morgen an ihrem Haus vorbeifahre, wenn ich meinen Sohn zum Kinderladen bringe, daß ich weiß, wann sie zu Hause ist, weil ihr Auto unten steht, daß ich sie unmöglich finde und mich auch, daß ich sie liebe, und wenn sie mich auch liebt, soll sie doch eine weiße Fahne aus dem Fenster hängen.

Zwei Tage später flattern gleich drei Bettlaken aus allen Fenstern.
Seit über einem Jahr reden wir nicht mehr miteinander, statt dessen lesen und hören wir übereinander.
Ich verdanke ihr die schönsten Erinnerungen, die größte Euphorie, das lauteste Lachen, die farbigsten Räusche, die intensivsten Gespräche, die ehrlichsten Augenblicke, die größtmögliche Nacktheit, das leiseste Weinen. An keinen Liebhaber denke ich so zärtlich wie an sie. So leidenschaftlich, amüsiert und wehmütig —
Wenn wir uns treffen, schaut sie meistens weg.
Das ist in Ordnung.

Margarete Bernhardt

Die Dame mit dem dunklen Blick

Ich saß im Zug nach München und lächelte. Die zwei Damen, die mit mir im Abteil saßen, lächelten auch, denn ich erzählte munter drauflos, ob sie es nun hören wollten oder nicht, daß ich schon seit langer Zeit in New York wohne und wie interessant die Stadt ist. Auch daß ich nach drei Jahren zum ersten Mal wieder nach München fahre, um meine Freundin Anja zu besuchen, sagte ich.
Sie ist eine großartige Schauspielerin, hätte ich ihnen gerne erzählt, eine zauberhafte Frau, eine wunderbare Freundin und so schön!
Aber davon sagte ich nichts. Ich schaute zum Fenster hinaus, sah die satten grünen Wiesen, Pferde auf der Koppel und faule gescheckte Kühe auf der Weide, ungezählte Obstbäume, deren Äste schwer nach unten zogen. In den Tälern kuschelten sich Dörfer und Städte an die Hügel und da und dort hatten die Kirchen schon Zwiebeltürme.
Als das Ulmer Münster zwischen vielen Häusern auftauchte, hätte ich am liebsten gegen das Fenster getrommelt und »hallo!« gerufen. Aber ich ließ es sein. Ich habe in New York auch eine Kirche, dachte ich leise gegen die Scheibe. Ihr Turm schaut in mein Küchenfenster. Sie schlägt jede halbe und ganze Stunde an, mit dicken Glocken und tiefem Brummton. Sie ist mein Münster! Nicht so groß wie du dort drüben, aber näher und ein bißchen verbaut, mit Magnolienbäumen dahinter. Eine fröhliche Kirche!
Warum nicht meine Gedanken an Anja bis nach München aus dem Fenster streuen, anstatt zu reden, dachte ich.
Wie wird sie aussehen? Klein und zerbrechlich! Wird sie lange oder kurze Haare haben, schwarze Locken? Kurze Haare, hoffte ich, denn so hatte ich sie vor vielen Jahren kennengelernt.
Wir wohnten damals in einem kleinen Schweizerhaus. Ich hatte

einen Ehemann und einen Dackel, meine Freundin G. wohnte unter mir: Sie hatte auch einen Ehemann, eine Tochter und einen Dackel. (Großmutter und Enkel. Was aber den Enkel nicht daran hinderte, seine Großmutter zu schwängern!)
Eines Tages kam auf dieser Treppe ein Zauberwesen herauf. Es schritt nicht, es schwebte, hüpfte; es flog mir entgegen und um meinen zerbrechlichen Hals.
»So siehst du also aus!« rief Anja und ließ sich in der Küche auf einen Stuhl fallen. »So siehst du aus! Du Freundin meines Liebsten, der er lange Briefe schreibt, und die ihm auch lange Briefe schreibt und in gut verschlossenen Gläsern badischen Rettichsalat an das Theater der Stadt Wuppertal schickt, weil er ihn so gerne ißt, den Rettichsalat!«
Dann stand sie plötzlich auf mit Tränen in den Augen, umarmte mich und sagte: »Ich bin so froh, daß ich hier bin bei dir. Darf ich hierbleiben?«
Jetzt kam Hubert, ihr Liebster, der mein Rettichfreund war und sagte: »Das ist Anja, die Frau meines Lebens!«
Während ich etwas zu essen vorbereitete, sah ich immer wieder Anja an, die wie ein Kobold zwischen den inzwischen eingetroffenen Schauspielern saß. Ich wußte, ich werde sie bewundern und verehren und lieben für immer — so lange ich lebe.
Anja hat dann viele Monate in meiner Wohnküche gelebt. Sie machte Funk und spielte Theater, und Hubert kam mitten in der Nacht bei Eis und Schnee, um sie ein paar Stunden bei sich zu haben — was mir unglaublich imponiert hatte. Was für eine Liebe! dachte ich Eheweib.
Wenn ich zurückdenke: als Anja den zweiten Anlauf für den Führerschein machte, stand Hubert mit einem nagelneuen Alfa Romeo vor der Fahrschule und wartete auf sie. Den Wagen hat-

te er für sie gekauft und mit Blumen überladen. Endlich kam sie aus dem grauen Gebäude heraus, sah das neue blumengeschmückte Auto und rannte wieder ins Haus zurück. Sie hatte den Führerschein wieder nicht bestanden. Er küßte ihr die Tränen weg.
Es geschahen so viele Dinge während dieser Monate. Hubert schenkte Anja eine Hündin, Lulu, und die fraß dann, als wir alle bei Anjas Premiere im Theater saßen, den ganzen Rücken ihres einzigen und ersten Pelzmantels auf. Von mir hätte Lulu eine Tracht Prügel aus erster Hand bekommen, von Anja bekam sie zärtliche Küsse und wurde armes, armes Hascherl genannt.
Nach sieben stürmischen Jahren haben die zwei, Anja und Hubert, geheiratet. Anja wollte ein Kind. Es wurde ein Mädchen: Annabel. (Ich bin die eine Patentante und Erika von T. ist die andere. Vielleicht hätte ich Erika zuerst nennen sollen, aber da habe ich halt auch meinen Stolz!)
In München am Bahnhof stand Anja. Sie hatte lange schwarze Locken und ein paar winzige Falten um die Augen, die ich früher nie gesehen hatte. Ihre Bewegungen waren so graziös wie im *Kleinen Teehaus* auf der Bühne und ich war gerührt und glücklich.
Für Annabel war ich die Tante aus New York. Sie wich nicht von meiner Seite und stellte mir tausend Fragen. Erst in der Nacht saßen Anja und ich uns gegenüber und wir sprachen bis zum Morgengrauen über ihr Theater, über das Welttheater und über den Alltag.
Am nächsten Nachmittag wollten wir eigentlich den roten Teppich, der schon draußen im Garten lag, mit Schaum bespritzen und mit dem Schrubber bearbeiten, aber dann kam Fritz. Von ihm hatte Anja das Haus gemietet. Ich kannte ihn von meinen früheren Besuchen her und mochte ihn sehr. Er war so bayrisch

und beinahe wie ein Holzfäller. Annabel brachte Tee mit Schuß, wie sie sagte, und alles fing so harmlos an.
Ohne Übergang sprach Anja plötzlich mit einer neuen, anderen Stimme. Sie wurde laut wie auf der Bühne. Sie wurde arg laut. Sie schrie. Zuerst wollte ich weghören, dann mußte ich zuhören. Sie schrie dem Fritz unglaubliche und ganz schlimme Dinge mitten hinein in sein Gesicht.
»Scheiß auf deine Liebe!« schrie sie.
»Scheiß auf dein Soeinfachsein! Du bist mein Hausbesitzer und ich war mal nett zu dir, als ich unglücklich war. Was willst du jetzt?«
Und Fritz sagte: »Ich hab dich lieb!«
Und Anja sagte: »Ich dich nicht!«
Und Fritz sagte: »Aber damals hast du mich doch lieb gehabt?«
Und Anja sagte ganz kalt: »Wann?«
Und Fritz sagte...
Und Anja sagte...
Und Annabel sagte auch etwas...
Ich wollte rausgehen und stand auf.
»Setz dich hin und bleib da sitzen!« schrie Anja mich an.
Ich sah und hörte eine Anja, wie ich sie nie zuvor erlebt hatte. Sie sagte Worte, die sie nie zuvor gesagt hatte. Es war fürchterlich!
Ich weiß nicht, wie ich es schaffte, aber ich fand mich in ihrem Arbeitszimmer wieder. Mein ganzer Körper bebte. Ich war so entsetzlich enttäuscht und wußte nicht, was ich tun konnte. Ich setzte mich an den langen Arbeitstisch, legte die Arme um die Schreibmaschine und weinte. Und hielt mich fest.
Was war geschehen? fragte ich mich. Wer hatte sie so böse werden lassen? Wie konnte sich ein Mensch so verändern? War Anja

schon lange so aggressiv und böse geworden, und ich wußte nichts davon, weil ich so weit weg wohne?
Es mußte die Scheidung von Hubert gewesen sein, die sie so fürchterlich hart und ungerecht werden ließ. Das plötzliche Ende dieser großen schönen Liebe! Wenn ich es schon nicht begreifen konnte und an der Menschheit verzweifeln wollte, damals, als ich es erfuhr, was mußte sie mitgemacht haben!
Wir hatten uns lange Briefe geschrieben und uns über dieses »die Liebe dauert oder dauert nicht« in meinem letzten Urlaub vor drei Jahren tage- und nächtelang ausgesprochen. Anja hatte sich gefangen gehabt und kam mir fast unverändert vor. Immer noch sanft, lieb, koboldhaft und bewundernswert.
Und jetzt? Aus meiner bitteren Enttäuschung wurde Zorn. Ich wollte laut heulen und schreien.
München—New York! dachte ich laut. Du packst deinen Koffer, fährst erst mal in den Schwarzwald, um zu denken, dann fliegst du heim an deine Ecke in der 73. Straße und dort bleibst du sitzen! Du jagst nicht mehr alten Träumen nach und läßt dich nicht mehr enttäuschen von Menschen! Von alten so sehr geliebten Freunden! Es ist besser, die Großstadt läßt dich verzweifeln und fremde Leute tun dir weh, als hier eine häßliche, keifende Anja zu erleben!
Ich hörte noch immer die lauten Stimmen von nebenan und tat mir selber fürchterlich leid.
Ob ich die komplizierte Musikanlage in Gang bringen konnte, um den Streit nicht mehr mitanhören zu müssen?
Nein, es wäre besser, zu tippen. Ich muß mich zusammennehmen und darf nicht mehr zittern, sagte ich mir. Ich muß irgendetwas schreiben.
Ich klappte die Schreibmaschine auf, sah aus dem großen Fen-

ster, das die ganze Breite des Zimmers einnahm, und tippte genau was ich sah.
Sie hatte alle Birken im Garten fällen lassen, wahrscheinlich gegen den Fritz, der ihr alles erlaubte, weil er sie liebte.
Der rote Teppich lag auf dem Rasen, den wollten wir eigentlich waschen. Sie hatte auch schon einen der Gartenstühle weiß angestrichen — eine fette Spinne saß an der Dachrinne — die Geranien blühten üppiger als je.
Als es endlich still geworden war, schlich ich in mein Zimmer, leise nahm ich die paar Hosen und Blusen von den Bügeln und legte sie in meinen Koffer, dann warf ich mich in den Kleidern auf das Bett.
Es war gegen Mittag, als Anja das Frühstück brachte. Sie setzte zitternd das Tablett auf mein Bett. Ich sah, daß sie weinte. Ein paar betippte weiße Blätter, die sie unter den Arm geklemmt hatte, fielen auf den Boden.
Mein Gott! dachte ich, sie hat mein Geschreibsel vom letzten Abend gefunden!
»Du magst mich nicht mehr!« sagte sie schluchzend. Danach tranken wir lautlos die erste Tasse Kaffee. Jeder Schluck tat meinem Hals, der wie zugeschnürt war, gut. Dann stand Anja energisch vom Bettrand auf, putzte sich die Nase und sagte: »Du willst mich also nicht mehr! Ich bin deine Freundin *gewesen*! Und warum?«
Da war wieder diese fremde ungewohnte Stimme von gestern. Und ihr kleines verheultes Gesicht mit den langen schwarzen Locken, die wie eine zerzauste Perücke aussahen, und der leicht verrutschte Mund. So kannte ich sie nicht, meine Anja! Aber ich fand keine Worte. Ich wußte, ich liebe sie, immer, immer, aber ich fand keine Worte!

»Und warum?« wiederholte sie. »Weil ich normal bin wie alle andern? Ja«, schrie sie, »ich bin wie alle andern! Wie du! Wie Fritz! Wie Annabel! Die ist auch manchmal böse! Wie Hubert! Wie du! Du hast immer gedacht, ich sei besser! Ich muß dein Kobold sein und du mein Clown! Sind wir denn beide verrückt?«
Sie nahm meine Hände in ihre Hände. »Du!« sagte sie, und lächelte unter den Tränen, »Ich bin nicht besser als die andern. Ich bin wie du. Du mußt aufhören, mich so sehr zu verehren. Ich will nicht bewundert werden! Hörst du?«
Ich hörte es, konnte aber noch immer nichts sagen. Mein Herz klopfte wie wahnsinnig. Ich wußte plötzlich, wie ungerecht ich war — bin —
Ich wollte mir meine alte Welt, mein altes Daheim, meine alten Freunde genau so erhalten, wie sie waren. Wie ich sie gesehen habe, vor einem Vierteljahrhundert. Was ich verehre, wollte ich verehren dürfen für immer! Für immer!
»Du solltest mir zuhören, Freundin!« sagte Anja in meine Gedanken hinein. »Du kommst aus New York angeflogen und willst hier ein altes Denkmal wiederfinden, ja? Ich bin kein altes Denkmal!«
»Anja, bitte . . .«
»Du sollst mir zuhören, sagte ich. Was da auf dem Boden liegt, Freundin, ist eine wunderschöne Geschichte. Die hast du gestern geschrieben. Eine wunderschöne Geschichte! Aber das muß ich mir nicht alles gefallen lassen! Hörst du! Ich habe alle Birken absägen lassen, aber die waren krank! Krank waren die Birken! Man kann mich nichts fragen, weil ich dauernd schlafe? Ich wohne nicht hier, aber die Adresse stimmt?«

Sie ließ sich erschöpft auf den Bettrand fallen. »Du wirfst mich aus deinem Leben raus und läßt nur noch meine Augen in deinem Flur hängen ... das ist zuviel!«
Ich wußte nicht, wovon sie sprach. Ich wußte nicht, was ich geschrieben hatte. Ich lasse ihre Augen in meinem Flur hängen ...?
Ich stellte das Frühstücksgeschirr auf den Boden und zog Anja an den Armen hoch. Wir hielten uns weinend fest, und ich bat sie immer wieder, mir zu verzeihen. Ich bat sie, alles zu vergessen! Ich hatte ihr nicht weh tun wollen. Nie. Ich war so enttäuscht und verzweifelt gewesen, daß ich einfach schrieb, was ich sah. Ich tue das immer, wenn ich nicht weiter weiß. Dann schreibe ich. Ich will sie nicht aus meinem Leben rauswerfen — ich brauche sie — ich hab sie lieb —.
»Laß uns Freunde sein, richtige alte Freunde«, sagte Anja, »aber um Gottes willen, hör auf, mich zu verehren! Ich bitte dich! Der ganze Krach gestern kam durch dieses idiotische Verehrtwerden. Der Fritz kann das auch nicht begreifen! Ich bin wie ihr seid, nicht besser!«
Ich versuchte zu lächeln, wie im Zug. »Ich glaube es dir und — jetzt!« sagte ich. »Ich weiß es jetzt! Du hast genau wie wir alle das Recht, böse zu sein und Krach zu schlagen.«
Es klopfte und Annabel erschien mit einer großen Tasse dampfend heißer Milch. »Streitet ihr?« fragte sie, anstatt Guten Morgen zu wünschen und sah von einer zur andern.
»Ihr heult ja!« sagte sie verblüfft. »Was ist denn jetzt los? Gestern der große Streit, heute das große Heulen? Ich ziehe aus!«
Anja sagte schnell: »Ich heule nur, weil unsere liebe New Yorkerin eine so schöne Geschichte über uns geschrieben hat.«
»Und ich heule, weil Anja die Geschichte schön findet, und ich noch nicht weiß, was eigentlich drinsteht in der Geschichte — und

wahrscheinlich haben wir Vollmond oder ganz bald Vollmond —
da krieg ich immer schon beim Frühstück das große Geheule.«
Jetzt lachten wir alle ein bißchen. Annabel zog die Nase kraus.
»Kommt«, sagte sie, »laßt mich die Geschichte mal lesen, laut lesen!«
Sie sammelte die Blätter vom Fußboden auf, lobte mich, weil sie numeriert waren, stellte fest, daß wir den Teppich, der schon draußen lag, endlich mal waschen müssen, weil er sonst verschimmelt.
»Fängt ja gut an«, lachte sie. »*Die Dame mit dem dunklen Blick*, meinst du mich oder die Mama?«
»Wer weiß?« sagte ich.

Die Dame mit dem dunklen Blick

Sie hatte alle Birken im Garten fällen lassen, nur die weißgefleckten Stümpfe stehen noch. Zwischen ihnen schwimmt ein roter Teppich, mit Laub bedeckt. Von den drei Gartenstühlen glänzt einer in der Sonne, sauber und viel weißer als die andern. Eine fette Spinne webt ihre Träume von der Dachrinne bis zum Fenster. Eine weißgestrichene Schubkarre wird von Geranienstöcken bald in den Boden gedrückt. Niemand zählt die fallenden Blätter der gelben Eiche.
Und der Nußbaum trotzt ohne Nüsse vor sich hin.
Hier soll die Dame mit dem dunklen Blick wohnen? Wer hatte das erfunden?
Die leichten durchsichtigen Vorhänge flattern, die Tür zur Terrasse auf oder zu, und wehen den Herbst ins Haus.
Wo ist die Dame mit dem dunklen Blick?
Auf dem Fell der Kuh, das braungefleckt das Zimmer färbt, liegt sie nicht.
Sie könnte auf der Treppe sitzen und weinen, aber auf der Treppe aus Marmor sitzt sie nicht.
Sie könnte sich in der Wäschekammer versteckt halten, aber dort klemmt die Tür.
In der Ecke steht eine Vase mit Picassogesicht. Das Gesicht hat einen Riß, der die Nase wegnimmt. Ein schmales Rinnsal Wasser läuft über die Fliesen.
Die Jalousie, nur ein paar Handbreit an einem Fenster übers Glas gerutscht, malt Lichtstreifen über den Eßzimmertisch und verweilt gestreift auf dem grünen Teppich. Eine niedere Lampe brennt. Sie macht den Tag nicht heller.

Eine lockige schwarze Perücke hängt im Flur. Die Wände sind rosarot, und irgendwo tropft es. Die Zahnbürsten sind elektrisch. Statt Mundwasser schluckt man Rosenblätter. Die Rose steht in einer Weinflasche.
»Wo ist die Dame mit dem dunklen Blick, zum Donnerwetter?«
Im Bücherregal liegt sie nicht, dort stehen zu viele Bücher. In der Garage steht nur ein Auto.
Ein Mann namens Fritz sucht seine Brille, wahrscheinlich auch nur, um die Dame mit dem dunklen Blick zu finden.
»Sie ist in der Küche!« sagt jemand. In der Küche?
Küchen betrete ich nicht mehr. Ich hasse tote Hühner und goldfettstrotzende Enten. Ich hasse Fleisch, Rotkraut, Kastanien und falschen Hasenbraten. Ich mag das Garkochen nicht mehr und das Sattsein. Und nicht die Teller übereinandergeschichtet.
»Nein!« In der Küche ist sie nicht!
Ich kam durch die offene Terrassentür ins Haus. Es scheint niemand hier zu sein.
Doch! Ein anmutiges Mädchen mit langem kastanienbraunen Haar und farbverschmierten Fingern kommt mir entgegen. »Suchen Sie jemand?« fragt sie.
»Ja!« sage ich. »Hier soll eine Dame wohnen, die einen dunklen Blick hat. Die suche ich!«
»Hier wohnen nur zwei Damen mit braunen Augen, meine Mutter und ich. Ach ja, und Fritz ist da, er repariert gerade mein Fahrrad in der Garage.«
Das Mädchen blieb vor mir stehen, nahm einen Kaugummi aus dem Mund und zog ihn so lang wie möglich.
Hatte ich vielleicht nur geträumt von der Dame mit dem dunklen Blick, auch diese Adresse?

»Warum gehen Sie denn nicht?« fragte das anmutige Mädchen.
»Ja, natürlich!« sagte ich. »Wenn die Dame hier nicht wohnt, ist es sinnlos ... da gehe ich besser ...«
Ich machte ein paar Schritte hinaus auf der Terrasse. Das Mädchen neben mir fragte: »Wo gehen Sie jetzt hin? Suchen Sie weiter oder geben Sie's auf?«
»Ich würde gern weitersuchen«, sagte ich, »aber ich weiß nicht wo ... alles stimmt hier ... sie sollte hier wohnen ...«
»Ist sie denn so wichtig für Sie?« fragte das Mädchen.
»Das weiß ich eben nicht!« antwortete ich. »Vielleicht lag ich im Traum unter dem Nußbaum da und habe das alles nur geträumt.« Ich fing an, auf mich selbst böse zu sein.
»Unter dem Nußbaum liegt nie einer!« sagte das Mädchen. »Er trägt auch nie Nüsse. Es ist ein unnützer Baum.«
»Ißt du denn gerne Nüsse?« fragte ich.
»Nein!« sagte das Mädchen. »Sie könnten den Baum mitnehmen, wenn das ginge, denn wir brauchen ihn nicht. Wir haben das Haus auch nur gemietet.«
»Ich brauche auch keinen Nußbaum«, sagte ich und starrte das Mädchen an. Warum unterhielten wir uns so blödsinnig?
»Jetzt sind Sie unglücklich wegen der Dame, die nicht hier wohnt!« stellte das Mädchen fest. »Sie wissen nicht mal ihren Namen?«
»Nein!«
»Aber sie hat einen dunklen Blick?«
»Ja!« sagte ich.
»Sie ist so toll wichtig für Sie?«
»Toll wichtig? Ich weiß nicht. Ich wollte sie eben finden ... Vielleicht macht es nichts, wenn ich sie nicht finde ...«

»Das macht schon etwas!« sagte das Mädchen ernst. »Sie haben ganz traurige Augen. Warum kommen Sie nicht wieder herein, und wir überlegen uns das?«
Sie nahm meine Hand und führte mich wieder ins Haus.
»Ich habe gerade gemalt!« sagte sie. Sie nahm ein paar Blätter vom Tisch und lachte: »Das hier sieht wie ein Bär aus, es soll aber mein Papa sein! Er wohnt nicht hier, aber manchmal sieht er so aus, wenn er kommt.«
»Das hier bin ich!« Das gemalte Mädchen hatte Haare bis zu den Schuhen, rote Haare, und einen violetten Mund, der bis hinter die Ohren ging.
»Und das ist meine Mutter!« sagte sie und gab mir ein Bild, auf dem nur schwarze Augen zu sehen waren. »Sie ist so schön, daß ich sie nicht besser hinkriege. Sie schläft jetzt.«
Mir blieb beinahe das Herz stehen. Ich hielt das Blatt in der Hand und wagte nicht mehr zu atmen. »Das ist sie!« sagte ich leise, »das ist die Dame mit dem dunklen Blick ..., mein Gott!«
»Sie gefällt Ihnen auch!« rief das Mädchen aus. »Das Bild ist nicht gut getroffen! Ich wollte ihr Gesicht dazu malen und die Arme, die Beine, die Schuhe, aber ich habe das Ganze falsch angefangen. Der Kopf wäre zu groß geworden ... und ich will ihn dunkelbraun machen, genau wie ihr neues Kleid ... und die Haare vielleicht grün ... grüne Haare wären toll!«
»Ist das deine Mutter?« fragte ich verwirrt.
»Nur ihre Augen!« sagte das Mädchen. Sie nahm eine spitze Schere vom Tisch und sagte: »Soll ich die Augen ausschneiden oder soll ich Ihnen ein neues Bild malen? Ich bin ganz gut darin, hat meine Lehrerin gesagt. Es geht auch schnell.«
»Nein!« sagte ich. »Wenn ich das hier behalten darf ...«
»Ja! Nehmen Sie's nur mit. Ich brauch es nicht. Sie finden die

wichtige Frau, die Sie suchen, ja doch nicht. Soll ich Ihnen noch schnell den Nußbaum malen? Macht mir nichts aus.«
»Nein!« sagte ich. »Ich muß jetzt gehen. Und danke schön für das Bild. Ich bin sehr glücklich, daß ich es mitnehmen darf.«
»Macht nichts!« sagte das Mädchen. »So sind Sie wenigstens nicht ganz umsonst hergekommen. Mögen Sie gern Äpfel? Dann nehmen Sie sich ruhig ein paar mit. Wir essen sie nicht . . .«
Ich nahm den schönsten Apfel und gab der kleinen Dame die Hand. Sie nahm sie und ließ sie fallen. Ihre Gedanken waren längst bei den Farbstiften und einem neuen Bogen Papier. Sie nahm wieder die Schere und schnitt den Bär aus seinem weißen Blatt heraus.
»Ich gehe!« sagte ich leise. »Und leg die Schere weg, du machst alles kaputt.«
»Wieso?« fragte das Mädchen. »Ich hab gerade meinen Papa ausgeschnitten und den kleb ich jetzt auf ein größeres Blatt Papier. Wo können denn größere Blätter liegen? Ach, wenn sie doch nicht immer schlafen würde am Tag, man kann sie nichts fragen.«
»Ich gehe jetzt!« sagte ich noch einmal, aber das Mädchen hatte mich schon vergessen. Die Schere war wichtiger geworden.
Im Garten wuchsen plötzlich Pilze. Es roch nach Pilzen. Waren sie vorhin schon dagewesen? Hatte es geregnet?
Ich habe einen Bus in die Stadt genommen und auf meinem Terminkalender unter die Notiz: *Die Dame mit dem dunklen Blick* mit Bleistift gekritzelt: »Die Dame gibt es nicht.«
»Aber ihre Augen« — habe ich gemurmelt — »die hänge ich in den Flur.«

Claudia Herzler
Kerstin Lück

Sichtwechsel

Am Anfang war der unglaubliche Zufall, die Mitte lag so zwischen mir und ihr, das Ende haben wir gleich mitgeplant.
Sie traf mich neben sich sitzend. Sie sah meine Locken locken, ich sah nur Sommersprossen in einem Gesicht, das sich im Ausdruck in meine Gedanken drückte. Es fiel mir ein, uns könnten vielleicht Worte verbinden und in den folgenden Zeiträumen fielen wir uns öfter auf und ein.
Mitten in einem linguistischen Seminar interssierten sich zwei Wortkünstlerinnen für einander, reichten sich ein Lächeln, ein kleines Engagement für die Sprache aus psychologischer Sicht. Wollten wir doch das andere Sprechen verstehen. Was willst du? Und überhaupt wollte ich ihr Wollen.
Ich dachte, mit ihr könnte ich auf gleichen Gehschichten schweben, herzüberherz begleiteten mich Gedanken, die ich in Wortpapiere kleidete und wir ritten dann auf Papieren und stritten über Vorsilben, über Beispiele, was Liebe und Verliebe sei. Es ging um Qualitätsunterschiede, wir stellten fest, gedanklich das Gleiche zu fühlen, nur die Sprache, sozusagen die Form, wechselte.
Ihre Worte ritzten sich in mein Gedächtnis, bis die ersten Briefe kamen. Das bunte Umwortegeschlagene faszinierte mich. Die Schönheiten der illustren Werbung fanden noch einmal Verwendung. In diesen Umschlägen lagerten bizarre Wortgebilde. Um die Jahreswende wollte jede nach Hause fahren, mühsame Entdeckungsreisen jeder Brief. Meine Neugierde war schon bis hinter die Augäpfel gewachsen. Zurück nach Berlin, um sie zu sehen.
Und ich sagte, ich verliebe, das sei dann eine Beziehung von Moment zu Moment. Mir fehle da das Kontinuum, sagte ich, ich sähe das zu intensiv, sagte sie. Es ist doch nur eine Frage des Ein- und Auslassens, dachte ich, Abschiedsschwere verstand sie nicht

und ich zweifelte, was Intensität für sie. Irgendwie, dachte ich, dachte ich zuviel, aber ich fühlte mich wie bei einer Gefühlskur zwischen Kopf und Substanz.
Die Besichtigungen der verschiedenen Cafés und einer schwarzen Frau begannen meine Zeit zu vereinnahmen. Viel zu erzählen von Gewöhnungen, Vorlieben für schwärzliche Gedanken. Und alles zum Lachen irgendwie. Gelächterhaft, fast lächerlich, was so zu sehen war an Publikum, das noch Zuschauer suchte, wir sahen uns zufrieden an und tauschten die Rollen.
Und ihre Wintersprossen blitzten mich an, ich wünschte mir noch tiefer ihre Augen, wußte nicht, was mich anzog in diesem Gesicht, das einem von Hand zerknüllten Papier glich, wenn sie lachte. Es war dann ein einziger Faltenstern, dessen Zentrum zwischen Nasenansatz und Augen lag.
Sie sagte, *Kennenlernen* wäre ein paradoxes Wort, und so kannten wir bald den Müßiggang, weil der aller Liebe Anfang. Kopfzerbröckeln brachte uns nur die Ursache unserer Karambolage: die universitäre Verpflichtung einer gemeinsamen Arbeit schleuderte uns in Sprechgefechte. Selbstgespräche hinter den Mündern, ich ließ meine Zähne in ihren Hals fallen. Ihre freigelegte Kehle bot mir das Motiv für weitere Zudringlichkeiten. Zwischen den Zonen die selbstvergessenen Laute des Liebens.
Und sie sagte, leih mir deine Hand und ich sei die erste Frau und ich hoffte, nicht nur diese Möglichkeit zu sein, wollte ich doch mit ihr schwarze Sterne zählen. Wir schauten durch Ober- und Unterlippe.
Längeres Schweigen überbrückte sie mit Botschaften, die mir aus Büchern, unter Kissen hervor und vom Schreibtisch entgegenfielen. Ihr Schriebsal war mir ein Labsal, so wortzelten wir auf Papieren.

Und ich lieh mir ihr Ohr und tauchte in ein Muschelmeer. Satz- und Blickweise einigten wir uns auf gemeinsame Träume und beschlossen eine Fahrt in die Wolken, sie in grünem Gewande, ich in Schwarz. Dann gingen wir los.
Wir ergingen uns in Synchrongesprächen, gleichzeitig Hören und Sprechen wurde fast möglich. Der rhythmische Rap entsprach unserer Leidenschaft. Ihr rechter Arm gab den Takt an, als Motor dem nächsten tollen Tanz entgegen.
Ich wollte mit ihr auf Palmen wedeln und ich schrieb ihr: Laß uns fassen, wie die Köpfe kommen und goldene Ringe tauschen, und ich sprach von lockeren Bändern, wollte aber nur feste. Nur wir beide, dachte ich schon viel zu früh, alles auf ein Blatt setzen ohne Fassade.
In der Nacht reicht sie mir ihre Schlafmonologe zum Rätselraten. Ich antworte ihr auf Französisch, und so ergibt ein Streicheln das andere. Manchmal fragen mich ihre Finger, was ich so denke, aber gerade dann ist nur von peinlich Banalem zu berichten oder ich starre in diesem Moment nur auf die nachdenklichste Weise vor mich hin.
Wir kamen an einen Wortfluß. Bodenlos. Wir blieben auf der Brücke stehen und sahen auf die wellenförmigen Bewegungen. Die Wellen formten sich zu Tausenden von Augen, muschelförmig.
Lieben wir doch das Wasser. Ich rufe: mehr Meer. Sie wird Muscheln sammeln, und ich werde sie in die Wellen zurückwerfen.
Dieser Augenblick ließ mich an ferne Gedankengänge denken, wir blickten tief und beugten uns weit über das Brückengeländer. Es brach und wir schwebten und wir flogen und wir fielen. Die Angst vor dem Fallen entfiel, und wir tauchten in das Augenmeer.

Ein Seufzer kommt vom anderen Ufer, Schüttelfrost liegt zwischen uns. Sie schaltet den Eisbrecher an. Geschmolzenes Duschwasser. Ihr Körper ist zum Anfassen schön nah.
Sie ernannte mich zur Hüterin ihrer Masken. Wir landeten irgendwo auf weichem Grund, und ich lachte lange an sie, und ich sah ihre Augen.
Ich mache mir ein Bild von ihr, radiere an ihrer Nase, bis sie mir paßt. Vielleicht erkennt sie meine verschiedenen Duftwasser schon bald als meinen eigentlichen Geruch an. Ich schenke ihr einen in Erz gegossenen Querflötenspieler für einsame Etüden, aber sie behauptet, in Wahrheit würde *ich* auf den Märchenprinzen warten. Da ich jedoch die Lüge lobe, verwandle ich mich in eine Froschkönigin. Sie küßt mich, und wir hoffen auf den nächsten Sommer.

Claudia Pütz

Der Tanz

Der Schweiß klebt mir am Körper, als ich den Bazar nach einer mir endlos erscheinenden Fahrt erreiche.
Eine schier unerträgliche Hitze treibt mir das Wasser aus den Poren, während ich mich durch das Labyrinth der schmalen und immer enger werdenden Gassen schiebe. Fremdartige Gerüche dringen mir in die Nase; dampfende Menschenleiber, verbranntes Holz, in dessen Flammen man die schärfsten Gewürze wirft. An langen Spießen hängen große Fleischstücke über dem Feuer, dunkel, fast schwarz gebraten. Mit jedem Tropfen Fett, der auf die glühenden Scheite fällt, stieben die Funken.
Um mich herum ein geschäftiges Treiben, ein unbändiges Stimmengewirr aus gutturalen Lauten und den hellen Klängen der Frauenstimmen. In schwarzen Gewändern huschen sie an mir vorbei, verhüllte Gesichter, die Augen weit geöffnet, suchend und doch fliehend ihr Blick, verschwinden im unentwirrbaren Tumult. Ich bleibe stehen und will ausruhen. Vor meinen Augen flimmert die Luft, nicht weit entfernt aufgeregtes Vogelflattern, das wilde Schlagen der Flügel; ich sehe einen bunten Federwirbel, das Tier sträubt sich gegen den harten Griff. Ich höre sein Schreien, eine Mischung aus Angst und Empörung, dann riecht es nach Blut, ich glaube das Knirschen von Knochen zu hören, es sind die Schreie der Männer.
Alle haben sie hier ihren Platz gefunden, handeln mit vielerlei Dingen. Getreide liegt da in großen Mengen, vielfarbig die aufgeschichteten Früchteberge, dichtgedrängt das Vieh im Pferch; Teppichhändler neben gefärbten Tierhäuten, halbgeschorene Schafe, in praller Sonne Datteln und Feigen.
Wie lange dürre Finger strecken vereinzelte Sträucher ihre Äste nach mir aus, vegetieren halbverdurstet am Rande des Bazars. Überall liegt der feine, weiße Sand, der die Füße wundscheuert.

Sie schmerzen, und der Sand sticht wie ein Meer von tausend winzigen Skorpionen.
Der Wasserverkäufer kommt geradewegs auf mich zu. Unsere Blicke treffen sich, bevor er mich ganz erreicht hat. Er lächelt unmerklich, ein ganz verhaltenes Lächeln. In seinem Blick entdecke ich etwas Fremdes, Unbekanntes; ich sehe die goldfarbene Iris, gesprenkelt wie das Fell einer Raubkatze, bemerke nicht die Warnung, die zur Vorsicht rät. Ich bin nur durstig.
»Wasser ist gut für dich«, sagt der Wasserverkäufer. Er lacht leise. Ich nehme die Schale, die er mir mit einer Hand reicht, dann gießt er das Wasser hinein, langsam und kein Tropfen fällt in den Sand. Ich trinke in langen Zügen.
Während ich trinke, beobachtet er mich; unbeweglich sein Gesicht, nur die Augen heften sich an meine Kehle.
Ich habe ausgetrunken. Das Wasser war gut, will ich sagen. Nur die Stimme gehorcht mir nicht. Die leere Schale will ich zurückgeben, aber der Arm ist schwer, die Schale gleitet mir aus der Hand, weich falle ich in den warmen Sand.
Der Wasserverkäufer betrachtet mich eine Weile, geht ein paar Schritte um mich herum, hebt schließlich die Schale vom Boden auf, preßt sie wie etwas unschätzbar Wertvolles gegen seine Brust und läuft davon.
Ich erwache und befinde mich in einem fremden Zimmer. Große, weich fallende Vorhänge, überall liegen Teppiche und feine, weiße Tücher. Ich lieg auf einem Diwan, in der Mitte des Zimmers ein riesiges Flachbett aus schwarzem Holz, verhangen mit leichten Schleiern. Das Holz glänzt matt, in den Zimmernischen kleine Kerzen, Dämmerlicht dringt durch die Fenster. Man muß mir die Kleider weggenommen haben, ich trage jetzt ein Gewand aus reinster Seide, einer Tunika ähnlich. Um meine Taille ein Gürtel

aus weichem Ziegenleder, die Füße nackt, die Schuhe verschwunden. Vor dem Diwan entdecke ich Sandalen, die nur aus ein paar Riemen bestehen.
Erschrocken fahre ich hoch, als sich der Vorhang in der Mitte teilt. Herein treten zwei sehr junge Frauen, die mich lächelnd und wohlwollend ansehen. Sie huschen durchs Zimmer, zünden hier und da einige Räucherkerzen an, öffnen dann eine kleine, metallbeschlagene Truhe und entnehmen ihr mehrere Schmuckstücke. Ich rühre mich nicht, beobachte voller Neugier die beiden Frauen. Sie flüstern miteinander.
Eine dritte Frau tritt ein, sieht zu mir herüber, spricht ein paar Worte zu den beiden anderen. Es ist eine sehr melodische Sprache.
Die Frau winkt mir, ich solle ihr folgen. Die beiden Frauen stehen wartend neben ihr.
Langsam erhebe ich mich von meinem Lager, eine nimmt meine Hand, und ich folge ihnen in einen kleinen Raum, der neben dem Zimmer liegt. Ein Bad, mit Mosaiksteinen ausgelegt, der Boden angenehm warm, drei Stufen führen hinunter zum Becken. Sie nehmen mir den Gürtel ab, ziehen mir die Tunika über den Kopf. Dann muß ich mich auf eine angewärmte Steinbank legen. Die Frauen lassen Wasser in das Becken ein, eine nimmt einen Becher und schüttet ein eigenartiges Pulver in das Wasser. Es färbt sich langsam, im Licht schimmern rosa und violette Töne, und ein angenehmer schwerer Duft zieht durch den Raum. Ich gehe zum Becken, das Wasser dampft, betäubend der Duft. Ich tauche unter. Viele Hände ziehen mich nach oben, halten mich über dem Wasserspiegel, waschen Haare, meinen Körper, Haut. Die Augen geschlossen, lasse ich alles mit mir geschehen. Dann, eine schnelle Bewegung, ich fühle Boden unter den Füßen, zu-

rück ans Ufer. Ich liege auf diesen Mosaiksteinen, wissende Hände massieren Schultern, Nacken, Rücken, Bauch und Brüste. Wie eine Katze schnurre ich. Es duftet nach Seife, Moschus, schweren Ölen, mein Körper glänzt, alles wird geschmeidig. Die Frauen lassen sich Zeit, sie haben keine Eile.
Eine Weile liege ich so, ausgeruht, das Öl ist eingezogen in die Haut, die Frauen holen Schmuckstücke aus der Truhe. Sie hängen mir eine silberne Kette um den Hals, der Anhänger zeigt seltsam ineinander verschlungene Wesen. Um mein linkes Handgelenk binden sie dünne Lederriemen, mein Fußgelenk schmückt ein goldenes Kettchen. Dann kleiden die Frauen mich an, kämmen mir das Haar. Die Seide kühlt.
Es ist fast wie ein Zeremoniell, ein Ritus, der vollzogen wird.
Die Frauen führen mich zurück in den ersten Raum, eine einladende Handbewegung in Richtung Diwan, dann sind sie verschwunden. Abwartend bleibe ich stehen, aber es geschieht nichts. Neben dem Bett entdecke ich einen Krug auf einem niedrigen Sockel, der Becher steht daneben, ich trinke — schmecke Wein. Wohlig strecke ich mich auf dem Bett aus.
Leise Musik, rhythmisches Trommeln, Stöcke schlagen. Jemand spielt Flöte, Sitar, ein Rasseln kommt näher. Frauen in weiten Gewändern betreten das Zimmer, verschleiert die Gesichter, ich sehe nur die Augen. Ohne ihr Spiel zu unterbrechen, lassen sie sich neben dem Diwan nieder. Das monotone Trommeln. Mein Puls schlägt im gleichen Takt.
Eine der Frauen legt ihr Instrument zur Seite, entkleidet sich, trägt nur noch einen perlenbehangenen Schurz. Ihr Gesicht bleibt verdeckt, ebenso ihre Brüste. Ihre Bewegungen sind die einer Schlange. Sie stampft mit den Füßen, Hände malen wunderliche Bilder in die Luft. Kreisende Hüften, und die Perlenschnüre

fliegen, winzige Perlen berühren unentwegt die Innenseiten ihrer Schenkel, treiben sie an.
Sie beherrscht ihren Körper, steht manchmal fast still, nur der Bauch, die Hüften folgen den Trommeln. Schneller wird das Schlagen, die Perlenschnüre fliegen höher und höher, sie stößt mit dem Becken nach einem unsichtbaren Feind, wirbelt herum, beginnt erneut das Kreisen, das Stoßen — bis der Trommelwirbel abrupt endet, sie fällt zu Boden, völlig erschöpft.
Die Frauen verlassen das Zimmer.
Noch ganz benommen von der Musik, der seltsamen Wirkung des Tanzes, greife ich nach dem Wein. Mein Mund ist trocken. Statt des kühlen Kruges berührt meine Hand etwas Warmes, ich drehe mich um, sehe in blaublitzende Augen. Das Kerzenlicht flackert, der Raum wird dunkler, aber das Blau der Augen bleibt.
Beide starren wir uns an, ihre Augen verengen sich zu schmalen Schlitzen, sie mustert mich mit unverhohlenem Interesse. Ihr Haar trägt sie kurzgeschnitten, ungewöhnlich kurz für eine Frau. Widerspenstiges Haar, das sich nicht bändigen läßt trotz der Kürze; blond, hellhäutig ist sie, hat kleine energische Hände. Ein schwarzes Satinkleid trägt sie, das schmiegt sich eng an den Körper, auffallend der hochgeschlossene Kragen. An den Seiten zwei lange Schlitze, die keinen Zweifel daran lassen, wie hoch ihre Schenkel reichen. Ihr Blick heftet sich an meinen Körper, betrachtet Arme, Beine, bleibt zwischen den Schenkeln.
Als wollte sie mich für einen guten Preis verkaufen, wie damals auf den Sklavenmärkten!
Sie löscht einige Kerzen, im Zimmer verwischen die Konturen, Licht flackert, ein leichter Luftzug weht von der Tür.
»Du hast eine Probe zu bestehen. Sie wird nicht leicht sein, aber

wenn du sie nicht bestehen solltest, wirst du sterben. Anderenfalls schenke ich dir die Freiheit.«
Ihre Augen brennen in der Dunkelheit.
»Was ist, worauf wartest du? Zieh deine Kleider aus!«
Die Seide liegt neben mir, der Gürtel, die Riemenschuhe fallen zu Boden. Langsam knöpft sie den hochgeschlossenen Kragen auf, zieht das Kleid über die Schulter; ein paar schnelle Bewegungen, die Schlange hat sich gehäutet.
Sie fällt mich an wie ein Tier. Schlägt mir die Zähne in den Nacken, gräbt mir die Nägel in die Haut. Wir rollen über das Bett. Der Biß hat weh getan, die Nägel haben die Haut geritzt. Keuchend fallen wir zwischen die Kissen.
»Um Gnade werden wir flehen!«
Wieder spüre ich ihre Zähne, beginne diesen Kampf zu lieben. Sie zittert ein wenig, windet sich dann, will mir entgegenkommen, aber ich weiche ihr aus. Da greift sie nach mir, preßt meinen Mund in ihr Meer; ein großer dunkler Bär bin ich und schlecke sie aus, streichle jede kleine Falte, erreiche auch die winzigste Ecke. Verschlingen will ich sie. Schneller werden ihre Bewegungen, heftiger, wie ein Kreisel dreht sie sich, bäumt sich auf, krallt sich in meine Haare. Mit ihrem Stöhnen sträubt sich mein Nackenhaar, sie flüstert, jagt mit mir. Wir tauchen ein in die Dunkelheit. Ich denke an ihre Drohung. Was verlangt sie noch von mir?
Auf einem Schränkchen neben dem Bett entdecke ich eine schöne grauweiße Gänsefeder. Leise erhebe ich mich. Neben der Feder steht eine Schale, ich tauche den Finger hinein. Honig.
Sie merkt nicht, wie ich die Seide um ihre Gelenke binde, sie an die Enden des Bettes knüpfe. Dann sitze ich vor ihr, betrachte sie zärtlich. Tauche schließlich einen Finger in die Schale. Lang-

sam tropft der Honig auf ihre Schenkel. Sie starrt mich an.
»Fürchtest du dich nicht vor Dämonen?«
Ich lache leise.
»Oh, manche finde ich sehr begehrenswert.«
Sie hat sich aufgerichtet, stützt sich mit den Händen ab, ihre Bewegungsfreiheit ist eingeschränkt.
Ich nehme ihre Brüste in beide Hände, streichle sie vorsichtig, biege ihren Kopf behutsam nach hinten. Ein Trommelfeuer auf ihrem Hals, sie zieht die Schultern zusammen. Die Feder zieht eine schmale Spur von den Brüsten bis zum Bauch, hinab zu den Schenkeln. Ihr Stöhnen verwandelt sich in ein leises Wimmern. Sie preßt sich an mich, schneller und schneller, tiefer und tiefer, krallt ihre Hände in die Kissen, schlägt mir die Zähne in den Hals. Sie schreit, und ich fühle, wie mir das Blut den Hals herunterfließt, warm und wenig beängstigend.
Ihre Augen sind wieder sehr dunkel.
Die Feder lege ich zum Honig, den Becher stelle ich neben den Krug. Ich nehme ein Messer, durchschneide ihre Fesseln.
Sie ist frei.

Elke zur Nieden

Rodez

Von Elke zur Nieden erschien 1984
Eine Schlange frißt kein Glencheck
im Medea Frauenbuchverlag, Frankfurt

Ein eiskaltes Zimmer, die Heizung abgedreht, um Geld zu sparen. Geld ist nicht vorhanden, Essen ist knapp, ich nähre mich an Schwarzgedrucktem. Aufrecht sitze ich am Schreibtisch, im roten Kleid mit den schwarzen Schuhen.
Wenn die schwarzen Schwalben fliegen, nehmen sie mich mit nach Rodez.
Rodez, die Zypressen werfen ihre Schatten gegen den Himmel. Der Wind mag sie zausen, sie ducken sich im Sturm, doch sie richten sich immer, immer auf.
Rodez. Steil in den Berg hinein stieg ich den unwegsamen Pfad. Felsbrocken legten sich quer. Unvernünftig wie ich nun mal bin, es ist so meine Art, trug ich Sandalen aus geflochtenem Lederband.
»Denk an die Kreuzottern, die sind häufig um diese Jahreszeit«, hattest du mir morgens gesagt. Danach ging ich meiner Wege. Während ich bergauf schritt, fand ich meine Ausgeglichenheit wieder. Diese Einöde hast du als neue Heimat gewählt. Rodez ist eine Anstalt.
Wann bist du eigentlich nach Rodez gegangen? Du weißt es nicht mehr? Irgendwann begannen die schwarzen Schwalben den Norden zu meiden, du hast es ihnen nachgetan. Damals gab es keine Arbeit für dich in unserem Land. Du! Mit deiner naiven Hoffnung, etwas ändern zu können. Du bist einfach in ein anderes Land gegangen, das neben der Arbeit auch Wärme bietet, in dem die Unbarmherzigkeit der Zeit ein letztes Zögern für dich hat.
Die Leistung macht auch vor Rodez nicht halt.
Wenn die sengende Sonne auf die harte Erde trifft, macht die Trägheit sich breit, ufert aus.
Abends, wenn das Glühen sich hinter die Berge verzieht, ist es Zeit, die betonierte Terrasse zu besetzen.

Vor Rodez hat die Zeit nicht halt gemacht. Trotzdem wirkt der Wahnsinn im Süden nicht so bedrohlich wie bei uns. Selbst hier gibt es hohe Mauern. Doch ein Stacheldraht wirkt nur im Verborgenen. Ein jeder Körper tue das Seine. Es hat die Kreuzottern in Rodez. Ein Biß, du bist infiziert ... Zu Kreuze jedoch kriechst du nicht.
Entlang den Anstaltsmauern erstrecken sich die Tomatenfelder. Hinter dem falschen tiefen Grün verbirgt sich mächtiges Rot, eine Unruhe.
Geh abends in die Tomatenfelder. Nachtschattengewächs. Liebesapfel. Du vergißt nicht.
Ich vergesse auch nicht. Niemals vergesse ich Rodez. Des Nachts hier im Norden strecke ich mich unter der Decke und wiederhole im Traum die Silben. Ro-dez. Sichtbarmachen des Begehrens. Es verflüchtigt sich im Flug der schwarzen Schwalben, läßt sich nicht vereinnahmen.
Der Süden.
Wir sitzen im eiskalten Zimmer. Studenten aus minderbemittelten Familien sind die Stipendien gestrichen. Mich trifft es nicht mehr, aber deine Tochter Branca wird die Abendschule nicht besuchen können. Sie ist jetzt zwanzig, unsicher im Irrgarten der Zeit. Sie hat ihren Weg gefunden, ist wiß-begierig.
Branca arbeitet in der Markthalle. Sie verkauft Blumen. Langstielige rostfarbene Chrysanthemen. Totenschmuck. Die Blume der Saison.
Die schwarzen Schwalben haben unser Land verlassen. Trotzig bauen sie ihre Lehmnester unter die Dachsparren von Rodez. Du schickst ihr, deiner Tochter, alle paar Wochen ein paar Notwendigkeiten. Mehr kannst und willst du nicht tun.

Branca ist eine verschlossene junge Frau. Die Markthalle ist ihre Bühne, auf der sie in schwarzen ausgebleichten Zimmermannshosen einen Walzer tanzt. Gegen die Kälte schützt ein dicker gestrickter Pullover im Patentmuster. Er hat die Farbe der Tomaten auf euren Feldern.
Gestern hat mich Branca besucht.
»Irene«, fragte sie mich, »was gibt es Neues aus Rodez?«
Ich saß an meinem schwarzen Schreibtisch, im viel zu dünnen Schwalbenkleid, durch einen schwarzen Pullover winterfest gemacht.
Ich lächelte versonnen. »Branca, ich führe keine Ferngespräche mehr.« Das Ausland. Ich lebe einzig und allein im Kino der Erinnerungen. Alte Filme. Mich fröstelte. Zuletzt war ich vor zwei Jahren im Kino, auf dem Lande in Frankreich. In einer alten Gaststube, ein leergeräumter Tanzsaal — der letzte Walzer.
Damals hatte ich sie besucht, ja, deine Mutter, die Schöne der Nacht. Rodez. Zeit der Tomatenernte. Abends saßen wir dann in diesem Saal. Der Raum ganz karg — ein unbeschriebenes Blatt. Du wirst es nicht glauben, sie hatten noch einen alten Cinematograph. Sie zeigten ›Jules und Jim‹. Wir liebten sie sehr, die Jeanne Moreau, deine Mutter und ich. Jungenshose und Schiebermütze. Zwei Frauen in einem verkommenen Saal inmitten der Fremdheit, der Sprachlosigkeit. Ich legte den Arm um sie, Verlängerung des Begehrens. Es zog uns hinaus in die Nacht. Sie ganz schwarze Schwalbe und ich Mücke, die die Fluchtpunkte besetzt. Wir gingen in die Berge und liebten uns. Vergaßen die Kreuzottern, die im Süden so häufig sind. Steine, Geröll konnten uns nichts anhaben. Kein Raum — keine Zeit. Tief unten in der Ebene die Zypressenallee nahe den Anstaltsmauern.
Jetzt sitze ich hier in dem eiskalten Zimmer am schwarzen Tisch.

Ich drehe einen Bleistift in meinen Händen. Ein Anruf aus Rodez...
»Grüß Branca.« und »Kommst du noch einmal nach Rodez?«
Der Hörer liegt schon lange neben dem Apparat. Ich sehe deinen Körper auf der zementierten Terrasse. Ein alter Tisch und ein Gartenstuhl. Auf dem Tisch vor dir steht eine Schüssel mit Muscheln. Weißweinsud, Wurzeln darin und ein Wacholderkorn. Der Schneefall löscht die Bilder. Im Ohr ein schwacher Abklang. Rodez.

Ruth E. Müller

Die Wette

Als die erste Sitzung ihrem Ende zustrebte und sich in den angestrengten Hirnen der Wissenschaftler allmählich eine geistige Erschlaffung bemerkbar machte, lenkte sich der Blick aller männlichen Kongreßteilnehmer auf die beiden Wesen, die als einzige das weibliche Geschlecht vertraten.
Am Abend zuvor, bei der Begrüßung, hatte man erfahren können, daß die jungen Frauen aus derselben Universität stammten, daß die eine kurz vor Abschluß ihrer Habilitation stehe und die andere als Doktorandin am gleichen Institut arbeite. Diese Information war eher zufällig in die Runde geraten, als nämlich Professor X. die etwas verspätet im Restaurant eintreffenden Damen fragte, zu welchen Männern sie denn gehörten.
Daraufhin hatten Claudia K. und Dr. Alexandra T. einen kurzen Blick gewechselt, als wollten sie sich blitzschnell über eine allzu bekannte Situation verständigen, und hatten der Männerrunde Auskunft gegeben, etwas kühl vielleicht, weil weder Professor X. noch seine Kollegen den Anschein erweckten, als sei ihnen die gestellte Frage in irgendeiner Weise peinlich.
Die Gelassenheit, mit der die beiden Philologinnen sich dann auf eilfertig zurechtgerückte Stühle setzten, um über Verlauf und Gegenstand der Fachtagung zu reden und erste Kontakte zu knüpfen, zeugte davon, daß die Frauen durchaus mit den Vorurteilen eines männlichen Kollegiums vertraut waren.
Daß sie sich schon bald verabschiedeten, um auf ihre Zimmer zu gehen, erklärten sie mit den Ermüdungen der Reise. Die alkoholisch aufgekratzten Sprachwissenschaftler blieben, ohne daß sie sich das eingestanden hätten, ein wenig ratlos und enttäuscht zurück, denn das aparte und außerordentlich attraktive Frauenpaar hatte keinerlei Anstrengungen unternommen, männlicher Eitelkeit zu schmeicheln.

So kam es, daß die ausgefallensten Vermutungen um Privatsphäre und Lebensumstände von Claudia K. und Dr. Alexandra T. durch die Köpfe geisterten. Ungewollt schürten die Frauen diese Spekulationen noch an, da sie sich sehr zurückhaltend zeigten und sich nur in nüchtern-sachbezogener Weise äußerten.
Als sie sich nun nach dem Mittagessen zu einem Spaziergang entfernten, machte sich in der Männerrunde eine allgemeine Gereiztheit breit, die rasch in einigen Punkten zur Übereinstimmung führte:
Professor X., der Senior und zugleich Spiritus rector der Tagung, ergriff das Wort und eröffnete seine wohlgesetzte Rede mit der Bemerkung, daß das ganz und gar unübliche Verhalten der Frauen einen moralisch bedenklichen Zug trage. Ein solches Übermaß an Koketterie sei ihm wahrlich noch nie auf einem Kongreß begegnet.
Schließlich seien die Spielregeln von Fachtagungen hinlänglich bekannt, und man habe ja auch nicht so sehr viel Zeit, um gewisse Arrangements einzufädeln. Und zwei so attraktive Frauen seien doch geradezu verpflichtet, ein den Umständen angemessenes Entgegenkommen aufzubringen. Und was diese unangebrachte Zweisamkeit zu bedeuten habe. Wüßte man doch nur allzu gut um das Rivalitätsgebaren der Frauen, noch dazu wenn sie intellektuell seien. Oder sein wollten. Die träten doch nur deshalb zu zweit auf, um besser an die Männer heranzukommen. Ein abgefeimter Trick, aber darauf falle man heutzutage nicht mehr herein. Die beiden müßten sich schon etwas Neues einfallen lassen, um ihre ehrgeizigen Ziele erreichen zu können. Im übrigen seien sie wahrscheinlich wie üblich nur darauf aus, sich einen Professor einzufangen.
Selbstzufrieden lehnte man sich zurück, und alle Verunsicherung

schwand, nachdem man über die Frauen ein gemeinsames Urteil gefällt hatte.

Durch die Abwesenheit seiner Familie sowie durch ein zweites Glas Cognac außergewöhnlich angeregt, warf Dr. P., ein Kollege in den besten Jahren und von angenehmem Äußeren, plötzlich etwas zu laut in die Runde, er verwette seinen Kopf darauf, daß es ihm gelingen könne, die beiden Frauen auseinanderzubringen.

Beschwichtigend lenkte der Akademische Rat Dr. M. ein, das mit dem Kopf meine er doch hoffentlich nicht wörtlich, zeigte sich jedoch lebhaft an der Wette interessiert. Wie er das denn zuwege bringen wolle.

Dr. P. erwiderte großsprecherisch, wenn auch mit leicht behinderter Zunge, wenn ein Satz auf Frauen zutreffe, dann dieser: Bei Männern hört die Freundschaft auf. Kraft seiner Männlichkeit und Verführungsgabe sei er bereit, den Beweis zu erbringen, also die beiden Frauen nach Belieben zu entzweien.

Einige Philologen, die sich bislang spärlich oder gar nicht geäußert hatten, witterten sofort ein einmaliges Kongreßvergnügen und fanden im übrigen die Vorstellung eifersüchtig zerstrittener Frauen weitaus beruhigender als jene Überlegenheit, mit der sie so gar nicht zurechtkommen konnten.

Um den wagemutigen Dr. P. erst recht anzuspornen, handelte man einen besonders delikaten Einsatz aus: Er mußte sich verpflichten, im Falle seines Scheiterns unter namentlicher Nennung eine vierstellige Summe an die Hochschul-Frauengruppe seiner Universität zu überweisen. Angesichts des nun doch gewaltigen Risikos wollte Dr. P. schon von seinem Vorhaben Abstand nehmen, doch das Vertrauen in seine Fähigkeiten gewann die Oberhand.

Noch am gleichen Abend kam es, ohne daß darüber viel zu berichten wäre, zu eindeutigen Signalen zwischen Claudia und Dr. P. Professor X., der mitunter an Schlaflosigkeit litt und deshalb auf dem Gang des Hotels zu patrouillieren pflegte, konnte beobachten, wie Dr. P. auf leisen Sohlen und ohne anzuklopfen in Claudias Zimmer huschte.

Dort geschah, was Dr. P. seinen Kollegen mit Speichel im Mundwinkel angekündigt hatte, und als er sich, noch etwas keuchend, im Glanze seiner Männlichkeit sonnte, glaubte er das Spiel schon für sich entschieden zu haben.

Nun mußte er nur die folgende Nacht mit Alexandra T. auf ähnliche Weise zubringen, und die Weiber würden unweigerlich wie Hyänen aufeinander losstürzen.

Als Probe aufs Exempel begann er im Flüsterton abfällige Bemerkungen über Alexandra T. von sich zu geben. Daß sich von Claudia K. kein Widerspruch hören ließ, wertete er als erfolgversprechendes Zeichen und schlief beruhigt ein.

Claudia wartete nur darauf, daß sie unbemerkt das Zimmer verlassen konnte und schlüpfte zu Alexandra. »Nichts Besonderes«, sagte sie, »ich kann ihn nicht weiterempfehlen. Im übrigen ist irgendetwas faul. Wir werden die Sache beobachten.«

Da die Zeit drängte — der Kongreß sollte nur noch zwei Tage dauern —, erklärte Dr. P. am nächsten Tag die Akte Claudia K. für abgeschlossen und wandte sich Alexandra T. zu.

Professor X. hatte noch vor dem Frühstück möglichst vielen Kollegen seine Beobachtungen mitgeteilt, wodurch eine Stimmung angespannter Neugier entstand. Die Referate der Tagung zogen kaum bemerkt vorüber, die wissenschaftlichen Diskussionen erschöpften sich in Belanglosigkeiten, da nur ein Thema die Gemüter wirklich bewegte.

Dr. P. hatte bereits seinen unmittelbar bevorstehenden Erfolg angekündigt. Daß er dabei einigermaßen indiskret vorging, fiel keinem der Kollegen unangenehm auf. Beim Mittagessen setzte sich Dr. P. zu Alexandra an den Tisch.
Claudia, die von der Tür des Speisesaales aus die Szene kurz überblickt hatte, fand sich in ihrem Verdacht bestätigt und verschwand.
Nun hatte Dr. P. freie Hand, und da er sich unter Zeitdruck fühlte, beeilte er sich, die beiden Frauen geschickt gegeneinander auszuspielen. Scheinbar ahnungslos eröffnete er ein Gespräch, in dem er Alexandra raunend fragte, weshalb sie denn dieses armselige Geschöpf immerzu hinter sich herziehe.
Alexandra, über die Geschehnisse der vergangenen Nacht wohl unterrichtet, wunderte sich zwar, war aber geistesgegenwärtig genug, sich ihr Erstaunen nicht anmerken zu lassen.
Ihr Schweigen verleitete Dr. P. dazu, sich immer eifriger in Rage zu reden. Dieser verstieg sich beim Dessert schließlich zu der Behauptung, er habe Alexandras wegen in der vergangenen Nacht kein Auge zugetan.
Alexandra antwortete mit genau bemessenem Charme und einer Ironie, die nur dem verblendeten Dr. P. entgehen konnte, dies könne sie kein zweites Mal verantworten.
Unverzüglich suchte sie Claudia in deren Zimmer auf und berichtete ihr vom Verlauf des Gesprächs. »Du hattest recht«, sagte sie, »es ist die übliche Nummer. Er hält sich für Casanova, und ich fürchte, wir müssen ihn heilen.«
Mit einem lässig hingeworfenen »Übrigens...« hatte Dr. P. dem staunenden Philologenzirkel von seiner neuerlichen Verabredung berichtet.
Daher begaben sich gegen Mitternacht etwa die Hälfte der ta-

genden Wissenschaftler, also ein Dutzend Männer, auf die Lauer, um sein weiteres Vorgehen verfolgen zu können.

Die Spannung war am Abend abermals gestiegen, denn Alexandra und Dr. P. hatten in aller Öffentlichkeit anderthalb Flaschen Rotwein zusammen getrunken, und Claudia war überhaupt nicht in Erscheinung getreten.
Dies wurde allgemein als Zeichen der Entfremdung zwischen den Frauen gedeutet. Den Eklat hatte Dr. P. für den kommenden Morgen in Aussicht gestellt.
Er gedachte nach der Nacht mit Alexandra beim Frühstück wiederum Claudia zu umwerben, war sehr stolz auf diesen Einfall und überzeugte die Kollegen davon, daß sich somit der Konflikt unweigerlich zuspitzen müßte. So könnten die sichtbaren Beweise für seinen Sieg einer allgemeinen Beurteilung unterzogen werden. Er garantiere persönlich für einen offenen Skandal.
Zielstrebig und auf bewährte Weise glitt Dr. P. also zu später Abendstunde in Alexandras Zimmer.

Sodann nahm das Geschehen einen Verlauf, den man aus gewissen Komödien kennt und den die behäbige Erzählung nur schwer wiedergeben kann:
Eine Ohrfeige schallte, von Frauenstimme vernahm man den strengen Befehl »Raus!«, Lauscher zogen sich erschrocken in Nischen zurück und klappten mit Türen, Dr. P. erschien etwas derangiert im Türrahmen, offensichtlich auf dem Rückzug befindlich, Kleidungsstücke, die er voreilig abgelegt hatte, flogen hinterher, schließlich erschien auf der Schwelle — Claudia und blickte dem Fliehenden, der seine Schuhe in der Hand trug, gelassen nach.

Nun trat aus einer anderen Tür Alexandra, und Claudia fragte zweifelnd: »Glaubst du, er hat es nun verstanden?«
»Wie dem auch sei«, antwortete Alexandra, »laß uns ein Glas Wein zusammen trinken.«

Linde Rotta

Arrangements

Sie wird der Sache ein Ende setzen! Nicht irgendwann, nicht bei Gelegenheit, sondern morgen schon. Das alles muß aufhören, sonst wird sie damit leben und dabei immer so tun müssen, als wüßte sie von nichts. Und ob sie sich einen solchen Luxus an Nervenkraft auf die Dauer wird erlauben können? — Nein! Besser ein Ende — und möglichst eines ohne Hysterien. Und weder mit Mamá noch mit Felipe wird sie darüber sprechen.
Dabei hatte alles ganz harmlos begonnen an jenem wunderbaren Frühlingstag vor drei Wochen, als sie sich kurzerhand zu einem Stadtbummel entschloß. Gleich nach der Siesta. Sie hatte sich nichts vorgenommen. Sie wollte den Tag einfach genießen, völlig abschalten — nichts weiter. Man kennt das ja. Felipe hatte in Malaga zu tun — er war stets so beansprucht, der Ärmste. In letzter Zeit hatten sie und die Kinder ihn kaum noch zu Gesicht bekommen.
Eigentlich konnte sie, da sie nun schon einmal Zeit genug hatte, zu einem Optiker gehen, sie benötigte wirklich dringend eine neue Sonnenbrille. Vielleicht sollte sie bei *Ulloa* hineinschauen, wo sonst gab es hübschere, ausgefallenere Modelle? Und dann stand sie in dem Geschäft und wußte sich nicht zu entscheiden. — Dieses Modell war zu groß für ihr Gesicht. Madonna! Es erdrückte ja förmlich — und wie konnte dieser Tölpel von Verkäufer auch noch behaupten, es stünde ihr? Unglaublich! Aber was ist mit jener dort? Ja — die! Dior? Na wunderbar ... gleich etwas anderes. Finden Sie nicht auch? Aber vielleicht sollte sie auch einmal bei Sonnenlicht ...? Sie nahm den Handspiegel und ging zum Fenster. Dabei fiel ihr Blick automatisch auf die Straße und da ...! Sie träumte doch nicht? Dort drüben aus dem Geschäft trat Felipe und neben ihm ging eine junge blonde Frau. Aber er müßte doch ...? Wie kommt er ...? Er wird doch nicht ...?

Also diese Situation! Ruhig! Ganz ruhig! Am besten gelassen bleiben ... erst den Dingen auf den Grund gehen. Santa Maria! Bleib doch nicht stehen wie ein Schaf, während die beiden ...! Sie zerrte an der Brille, wirft sie dem verdutzten Verkäufer hin und stürzte auch schon aus dem Geschäft. Nur jetzt die beiden nicht aus den Augen verlieren! Dieser unauffällige kleine Seat, den sie da ansteuerten, war nicht Felipes Wagen.
Taxi! Taxi! — Por Dios! Kam denn keines? Hola — Taxi! Ay, Ay! Na endlich — qué suerte! Folgen sie dem Seat! Ja — dem da drüben ... aber dran bleiben! Nur den Wagen nicht aus den Augen verlieren! Más de prisa, hombre! Die Alcalá hinunter und hinein in den Ring der Independencia ... Wo, wo sind sie? Verloren! — Aber nein — gracias a Dios! Zum Glück nicht! Dort bogen sie eben in die Serrano. Vorsicht, sie halten! So — bleiben Sie auch stehen! Aber mit genügend Abstand bitte! Die Blonde stieg aus dem Wagen, beugte sich zu Felipe, sagte etwas. Sie lachte — und jetzt warf sie ihm auch noch eine Kußhand zu. Empörend! Wirklich empörend! — Dann ging sie über die Straße, schlank und langbeinig — eine hübsche Erscheinung, zugegeben — und verschwand in Don Alfonsos Salon.
Zu Don Alfonso geht, wer etwas auf sich hält. Es ist günstig, hier Kundin zu sein. Isabel ist es schon lange. Eine Fügung des Himmels, daß auch sie ... Hier — und wo ausführlicher — konnte Isabel erfahren, was so dringlich sie zu wissen wünschte? Ein diskretes Trinkgeld für Mercedes — ach, meine Liebe, tun Sie mir doch einen Gefallen und nehmen Sie sich der jungen Dame besonders aufmerksam an — geschicktes Taktieren, Mercedes ist nicht dumm ... schon während sie Isabels Haar sorgfältig über dicke Wickler legte, wußte sie zu berichten, die Señorita wohne in der Nähe des Bernabeo ... Wie interessant, Mercedes.

Wirklich — aber bitte die Trockenhaube nicht zu heiß ... Das apartamento in der Merceliano also — sieh einer an! Eine äußerst günstige Gelegenheit, hatte er gesagt, eine gute Investition. Dieser Heuchler! Für Manolito — später, wenn er einmal erwachsen ist. Ob sie vielleicht doch mit Mamá darüber sprechen sollte? Aber was würde die ihr schon raten? Sieh es ohne falsche Ressentiments, Kind. Ein Mann seines Alters und in seiner Position? Eine Prestigefrage, nichts weiter. Am besten, du tust so, als ob du nichts wüßtest. Mamá dachte ja stets realistisch.
Natürlich begegneten sie einander häufig in dem Salon. »Zufällig«, wie Isabel ausdrücklich betonte. Gespräche ergaben sich beinahe von selbst. Man stellte fest, daß man viele Interessen teilte — oh gewiß! — und auch sonst fanden sich erstaunliche Gemeinsamkeiten ... Und Elvira ist überhaupt nicht unsympathisch — im Gegenteil. Beinahe könnten sie Freundinnen sein, wäre da nicht Felipe. Genaugenommen fühlt sich Isabel auch nicht so sehr in ihren Gefühlen, sondern in ihrem Stolz verletzt — noch präziser gesagt, nicht verletzt, nur so ... ach, sie weiß eigentlich gar nicht recht, was sie wirklich fühlt. Aber neugierig ist sie — das jedenfalls gesteht sie sich in schöner Offenheit ein. Doch nimmt sie sich sofort vor — keine Ungereimtheiten wird sie sich gestatten. Und deshalb muß der Sache Einhalt geboten werden.
Die Hausangestellte, eine ältliche Person, scheint etwas verwirrt. Ach, die Señorita ist noch gar nicht ... sie ist eben erst aufgestanden, Señora ...
Und da sieht sie sie vor den weit geöffneten Flügeltüren des kleinen Salons stehen — in ihrem Nachtgewand noch, einem weißseidenen, sehr durchsichtigen. Entzückend, diese Unbekümmertheit ... und so überaus selbstverständlich. Ist schon gut, sagt Isabel und schiebt die Angestellte einfach zur Seite.

Meine Liebe — und sie breitet die Arme aus, in der einen Hand immer noch den mächtigen Blumenstrauß haltend, den sie Elvira mitgebracht hat ... Flieder und Päonien und Tulpen — weiß und rosa. Natürlich ist ein solcher Überfall ganz und gar ungehörig, aber ich hatte nun einmal diese Idee ... und konnte der Versuchung nicht widerstehen —. Ach, kurz gesagt, ich war einfach neugierig und wollte Sie überraschen — und wissen Sie, ich dachte auch ... nun, wir könnten hinterher gemeinsam zu Alfonso fahren ... oder nicht?
Oh, doch keine Entschuldigungen, Isabel. Ich bitte Sie. Nein, wirklich — ich freue mich. Vielleicht hätten wir schon eher ... Nur, wenn ich es gewußt hätte, ich hätte mich früher ... ich wäre jedenfalls schon ... und ein sehr feines Rot überzieht ihr Gesicht. Reizend diese Verlegenheit, wie gut sie ihr steht.

Isabel drückt ihr einen Kuß auf die Wange. Wir warm die Haut ist und sie riecht ein wenig nach Parfüm, und ein wenig nach Schlaf...
Es war ja auch nur aus einer spontanen Laune heraus, verstehen Sie...? Plötzlich weiß sie nicht so recht, wie es jetzt weitergehen soll —. Dazu diese großen veilchenblauen Kinderaugen! Und das leuchtende Haar, ungebändigt und in seiner ganzen Fülle über den Schultern...!
Doch um nichts in der Welt wird sie ihre Verwirrtheit eingestehen. Sehen Sie nur, die Blumen ... wir waren nämlich übers Wochenende auf dem Lande. Bei Verwandten — man hat mir Unmengen davon mitgegeben. Darum — wenn Sie es mir gestatten ... eine Vase vielleicht — oder einen Krug?
Oh ja, natürlich. Entschuldigen Sie bitte ... Da hat sie schon hastig, ein wenig zu hastig vielleicht, den Strauß ergriffen. Da-

bei schaut sie etwas ratlos im Salon umher. Aber dann weiß sie, welches Gefäß sie nehmen muß.
Nein, diese prachtvollen Farben! Ich werde die Blumen ins Dormitorio stellen. Sie werden dort wundervoll aussehen. Kommen Sie nur, überzeugen Sie sich doch selbst ... Und das Schlafzimmer! In zartestem Grau und Rosa und mit viel, viel Weiß dazwischen — so hat sie es sich nicht vorgestellt ... Aber gerade *so* und nicht anders darf es aussehen — so ... so *hingetupft, wie überpudert* —.
Und das Bett zerwühlt — und vermutlich sogar noch warm. Und wahrhaftig, der Strauß fügt sich in diese schöne Intimität. Elvira aber strahlt. Dieser Duft! — Dabei vergräbt sie das Näschen zwischen den Blüten. — Riechen Sie doch nur selbst! Gehorsam senkt auch Isabel ihr Gesicht in die Blütenmasse, denn das ist Flieder: »Blütenmasse« und nicht schlicht einfach eine Blume — und das Massige steht ihm auch noch in der Vase gut an ...
Aber zwischen den Blüten berühren sich ihre Wangen. Für einen Augenblick halten beide den Atem an und als sie die Gesichter heben, gleichzeitig heben, sehen sie einander an. Gleichermaßen ein wenig erschreckt — ein wenig hilflos ...
Und wohin jetzt nur mit der Vase, mit den Blumen?
Eine unbestimmte Bewegung ... da löst sich aus dem Gefäß ein Zweig. Fällt auch schon zu Boden. Ein zweiter gleich darauf. Welche Ungeschicklichkeit! — Und einer um den anderen löst sich — man kennt das ja: Zu schwere Blütenbündel und der Vasenmund viel zu weit ... Isabel bückt sich rasch. Vorsicht! — Doch nun kommen sie alle. Fallen über sie. Ganz leise. Und sehr sanft. Du meine Güte! Elvira beschämt, das Gefäß immer noch krampfhaft im Arm haltend, sinkt jetzt in die Knie. Daß

die Blüten nur nicht brechen! — Endlich besinnt sie sich und stellt es auf den Boden. Vorsichtig nehmen sie Zweig um Zweig, Blüte um Blüte und stecken sie mit größter Sorgfalt in die Öffnung zurück, sehr bedacht und sich Zeit lassend — und ohne auch nur ein Wort dabei zu sprechen ... doch jedesmal, wenn die zierliche Gestalt sich dabei ein wenig zu weit — gerade eben nur ein wenig zu weit — nach vorne beugt, kann Isabel die rosigen Spitzen der kleinen, festen Brüste sehen — und noch nie hat sie ... aber sie sind ja, ach, und dazu mengt sich der warme Geruch des Körpers bei jeder Bewegung mit dem süßen Duft des Flieders und der Päonien —. Und schwer zu sagen, was mehr betört ...?
Erst jetzt, als sie den letzten Zweig in die Vase steckt, glättet sich die Stirn der jungen Frau. So! sagt sie, einfach nur »so«. Doch auf ein solch unvergleichliches »so« weiß Isabel nichts zu antworten. Sie kann auch nicht länger diese herrliche Ungeniertheit übersehen — nein, das kann sie nicht ... aber wohin nur mit den Händen, die jetzt gar nichts mehr zu tun wissen? Nur wie hilflose Falter herumflattern?
Endlich, sagt sie und sie wendet dabei den Blick nicht der jungen Frau zu, sie zieht es vor, auf das offene Fenster zu schauen und auf die gebauschten Gardinen — ja, denken Sie nur, die Blumen ... sie waren ein Vorwand. Sie sollen nämlich wissen ... ich wollte Sie —, ich habe ... ach, ich — und die Farbe ihres Gesichtes wechselt, wird erst dunkel — dann aber sehr blaß. Wie kann sie es ihr nur sagen? Bei diesem erstaunten veilchenblauen Blick! Panik befällt sie — und ein Gefühl ... oh, ein Gefühl! Sie weiß gar nicht, was das ist mit ihr? Ach, aber die Augen ...! Besser, sie geht jetzt! Das alles hat sie ja gar nicht bedacht. Wahrhaftig! So hat sie es auch gar nicht gemeint! Doch Elvira fängt die Flatterhand. Entschlossen und geschickt. Und küßt sie ...

küßt die Fingerspitzen. Jede einzelne ... mit langsamer, langsamer Zärtlichkeit. Diese kindlichen, weichen Lippen! Sie bleiben durchaus nicht bei den Händen. Sie tasten sich weiter — du bist atemberaubend, sagt sie und lächelt, unbefangen und süß — und andere Ziele erwandern die Lippen.
Aber doch nicht gleich so! Nicht so...! Oh Felipe, Felipe! Ich werde das Mädchen wegschicken, flüstert Elvira.
Nein, nein...! Das nicht. Ich möchte nicht ... ich müßte ja auch —. Doch nicht meinetwegen —, nein ... oh doch, doch! Schick sie nur weg...!
Betäubend der Duft der Päonien, des Flieders, und der Wind wölbt die Vorhänge vor den Fenstern und malt tanzende Schatten an die Wände ...
Ganz allmählich nur finden sie zurück ...
Und jetzt? fragt Elvira nach einer sehr langen — nach einer viel zu langen Zeit.
Ja — und jetzt?
Wirst du es ihm sagen?
Wem? Felipe? — Sollte ich es denn?
Elvira stützt sich auf, zieht mit dem Zeigefinger die Linien in Isabels Gesicht nach — die Brauen, die Nase, den Mund ...
Felipe heißt er? Höchst sonderbar ...?
Warum sonderbar?
Nun, mein novio ... mein Freund — er heißt auch Felipe. Ja. Er heißt auch Felipe.
Ich weiß —.
Du weißt ...? Ja, aber ... dann — dann weißt du ja auch ...?
Sicher! Von Anfang an.
Santa Maria! Von Anfang an? Felipe! Du und Felipe? ... und ich? Was für ein Spaß! Was für ein köstlicher, königlicher Spaß!

Und in ihrem Hals, diesem zarten, schlanken, anbetungswürdigen — steigt ein Gluckern hoch, daß man es unter der feinen Haut kann hüpfen sehen —
und dann bricht es heraus aus ihr und sie lacht — und lacht...
bis auch Isabel in ihr Lachen einstimmen muß... Ach, Felipe...
ay, ay, ay ... Felipe...!

Doña Isabel liebt Blumen über alles. Jeden zweiten oder jeden dritten Tag kauft sie frische. Unmengen kauft sie. An den Arrangements arbeitet sie mit größter Hingabe. Ihrem Mann, Don Felipe, fiel es bisher nie so recht auf. Aber neuerdings...
Neuerdings...!?
Er betritt den Salon — und da findet er einen grandiosen Strauß: Flieder, Päonien und Tulpen — rosa und weiß — eine Pracht! Er könnte schwören, ein solches Blumenarrangement heute schon irgendwo gesehen zu haben. Doch wo nur? Wo? — Bestimmt aber diese Farben, diese Zusammenstellung... Und wenige Tage später wieder... Nur sind es diesmal weiße Lilien, weiße Rosen... und sie stehen im Schlafzimmer —. Er starrt auf die Blumen. Aber das kann doch nicht sein...!?
Hast du was, mein Lieber? fragt Doña Isabel besorgt.
Nein... nein! Nichts. Ich habe wirklich nichts, antwortet ihr Don Felipe.
Aber dabei fühlt er sich so ... verwirrt. So völlig verwirrt...!

Inhalt

Rosetta Froncillo
Die Zunge in der Tinte 7
Ingrid Ch. Kempa
Die Zopfmarie 15
Anna Rheinsberg
Spaghetti Bolognese 19
Ingeborg Jaiser
Berührungen 23
Sigrun Casper
Fräulein Sterne 25
Maja Bauer
Else 37
Lola Gruenthal
Spiele zwischen den Kriegen 45
Rahel Hutmacher
Jahrestag 52
Schwarz Wasser 54
Kirschnacht 56
Gesine Worm
Geschenkideen 61
Guy St. Louis
Ich bin immer Fritz, wenn ich zu Erna gehe 69
Christiane Binder-Gasper
Die schwarze Zeit aus Ziegenhaar 73
Ingun Spiecker-Verscharen
Die Schneekönigin 81

Renate Reismann
  Irmgard 86
  Unteilbare Zeit 95
Sara Rosenbladt
  Mädchenspiele 103
Birgit Sodemann
  Muskeln 107
Gisela Schalk
  Begegnungen 112
  An Silke 117
Angela Geratsch
  Ruthchen 121
Dagmar Rössing
  Freundinnen 125
Heidelore Kluge
  Margareta 133
Renée Zucker
  Ode an die Freundin 145
Margarete Bernhardt
  Die Dame mit dem dunklen Blick 151
Claudia Herzler und Kerstin Lück
  Sichtwechsel 167
Claudia Pütz
  Der Tanz 173
Elke zur Nieden
  Rodez 181
Ruth E. Müller
  Die Wette 187
Linde Rotta
  Arrangements 195

EROTISCHE PHANTASIEN UND GESCHICHTEN VON FRAUEN

WO DIE NACHT DEN TAG UMARMT
Türkismetallic, 186 Seiten, DM 19,50

HAUTFUNKELN
Kupfermetallic, 208 Seiten, DM 19,80

KASSETTE MIT AUSWAHL EROTISCHER GESCHICHTEN
GELESEN VON INGRID KAEHLER
80 Minuten, DM 19,50

DAS ANDERE GEFÜHL — EIFERSUCHT
Schwarz mit Rotmetallic-Prägung, 240 Seiten, DM 19,80

DIE EDITION IM VERLAG GUDULA LOREZ
präsentiert drei ungewöhnliche Frauen

LUTZE
GEMEINE GEHEIMNISSE
Perlmutt mit Türkismetallic-Prägung, 104 Seiten, DM 14,80

GUY ST. LOUIS
GEDICHTE EINER SCHÖNEN FRAU
Perlmutt mit Blaumetallic-Prägung, 128 Seiten, DM 15,80

RENATE GUTHMANN
DAS VOLLE LEBEN
ERZÄHLUNGEN AUS DER ZWEITEN WELT
Perlmutt mit Rotmetallic-Prägung, 160 Seiten, DM 16,80

In Ihrer Buchhandlung oder direkt ab
VERLAG GUDULA LOREZ · POSTFACH 713 · 1000 BERLIN 62

Ich liebe das Leben, den Regen, den Wind. Ich liebe Bach, Vivaldi.
Ich liebe Jean-Roger Caussimon, Brel, Brassens, Gréco.
Ich liebe auch Serge Lama, Françoise Hardy.
Ich liebe Kinder, meine Kinder.
In ihren Bewegungen entdecke ich das Leben.
Ich liebe mein Haus und koche gerne für meine Freunde.
Ich liebe es, einen ganzen Abend lang zu lesen.
Ich gehe gern ins Kino und ins Theater.
Ich liebe die Wärme meiner Freunde, ich mache gern Geschenke.
Ich liebe es, hübsch auszusehen, und habe Spaß daran.
Ich liebe einen Mann.
Ich bin also eine Frau wie Sie?
Verzeihen Sie diese Beleidigung: ich bin nur eine Prostituierte. *Barbara*

Zum Thema Prostitution:

»*als einziges Buch zum Thema lohnend*«
(EKZ Annotationen)

DIE GETEILTE FRAU

Autobiographie von Barbara
und
Dokumentation über den Streik der
Lyoner Prostituierten

336 Seiten   DM 18,—

VERLAG GUDULA LOREZ GMBH